S.F.
V.

Wolfgang Hilbig

Grünes grünes Grab

Erzählungen

S. Fischer

Er, nicht ich und *Fester Grund*
Erstdruck in:
Wolfgang Hilbig, *zwischen den paradiesen*,
Reclam, Leipzig 1992
Umschlaggestaltung: Buchholz / Hinsch / Walch
Satz: Photosatz Reinhard Amann, Aichstetten
Druck und Einband: Franz Spiegel Buch GmbH, Ulm
Printed in Germany 1993
ISBN 3-10-033616-X

Gedruckt auf chlor- und säurefreiem Papier

Inhalt

Fester Grund

»Die Krankheit im Frieden«
für U. K.

Wortlos und unaufgefordert – ich saß noch nicht lange am Tisch, und es berührte mich seltsam – stellte der Kellner, im schnellen Vorbeigehen, ein großes Glas Bier vor mich hin. Ich war beinahe zu erschöpft, einen Gedanken daran zu verschwenden. Ich hatte noch den schweren schmetternden Schlag im Ohr, der aus dem tiefblauen Himmel gekommen war, nach welchem die Luft wie ein gläserner Splitterregen auf mich niederzufallen schien und der mich entnervt in das Restaurant auf der Westseite gejagt hatte. Nun stand vor mir eins jener hochbordigen, nassen und glatten Halblitergläser, die auf sehr schmalem Boden fußen, einem Boden, der nur etwa der Hälfte ihres oberen Durchmessers entspricht. Mit aller gebotenen Vorsicht faßte ich zu, doch kaum berührten meine Fingerspitzen das kühle Glas, da hatte ich es schon umgeworfen.

Nicht daß ich an diesem Tag besonders nervös gewesen wäre: ich wollte nach Berlin, um meinem Kind einen der monatlich vereinbarten Besuche zu machen, hatte aber aus unerfindlichen Gründen den letzten der häufiger verkehrenden Mittagszüge versäumt; nun wurde ich vergeblich erwartet, ich hatte eine Reihe vergnüglicher Vorhaben durcheinandergebracht, in weniger als drei Stunden würde aller Groll meiner Untreue gegenüber wieder aufgebrochen sein, ich würde am Abend, viel zu spät kommend, die entsprechenden Vorwürfe mit Erklärungen, die miserabel fahrende Straßenbahnen und Busse zu bedenken gaben, kaum entkräften können, und ein Teil meines kurzen Besuchs war verdorben. Zudem wäre ich es, der als Verderber galt, als ein Vater, der seiner kleinen Tochter selbst so spärliche Freuden verdarb. – Es war einer der bislang heißesten Tage dieses Sommers, beinahe bewußtlos von der Hatz aus einem der verstockten Verkehrsmittel ins andere, hatte ich den Zug ohne mich abfahren sehen und mit noch dumpfen Schuldgefühlen einen Fahrplan nach der nächsten Verbindung abgesucht, resigniert schließlich festgestellt, daß ich nun über drei Stunden Zeit hatte, und mich in dem großen Bahnhofsrestaurant niedergelassen. – Zweifellos war es eine Lappalie, kaum erwähnenswert, gehäuftes Vorkommen von Lappalien muß solchen keinen besonderen Rang verleihen, ebensowenig brauchte die vorhersehbare Mißlaune meiner früheren Frau aufgebauscht zu werden. Der kochende Dunst im Innern des Restaurants, der dem Stimmenlärm einiger hundert Menschen seltsame Schwankungen zu verleihen schien, das Hämmern meiner Pulse, das meine Sinne ganz in Anspruch nahm und mich mit Intervallen von Schweißausbrüchen in Atem hielt, war vielleicht nichts, das mich inmitten dieser Menschenansammlung in hervorstechender Weise beeinträchtigte; womöglich war jeder der Anwesenden von den Temperaturen, den Gerüchen, vom allgemeinen Dämmer der Stagnation in einem so riesigen Wartesaal seines wahren Gefühlsreichtums beraubt, als aber das umgestürzte Bier den Tisch überschwemmte, kam mir zum ersten Mal der Verdacht, dieser Freitag stünde für mich unter einem bestimmten Vorzeichen. – Auf dem Stuhl rechts neben mir saß ein blütenrosa gekleidetes Mädchen, nur wenig älter, schätzte ich, als meine eigene Tochter, und löffelte buntes Fruchteis; die Woge von Bier schoß auf das Kind zu, brach sich schäumend am Fuß des Eisbechers, schwoll mit perfidem Schwung an dem Plastikoval empor und überflutete dessen Inhalt, umfangreiche Spritzer landeten auf dem Kleid des schreckerstarrten Kindes, ein beträchtlicher Rest der Welle erreichte noch seine Mutter, die entsetzt eine Handtasche gegen mich schwenkte und gleich darauf in kalte, sprachlose Empörung verfiel. Ich war erbleicht und von Schweißströmen überflossen. Ich murmelte eine Entschuldigung, wußte aber nicht, ob sie zu hören war; entschlossen, für alle Unkosten aufzukommen, fingerte ich nach meiner Geldbörse – wußte jedoch in aller Empfindlichkeit, daß ich auch dabei scheitern mußte, denn kurz zuvor hatte ich den größten Teil meines Geldes für die Fahrkarte ausgegeben – die Mutter aber, mich mit höchster Verachtung strafend, zog das Mädchen an der Hand mit sich fort.

Als der Kellner mit angewiderter Miene das Tischtuch wegnahm, hatte ich den Eindruck, jeder in dem

Saal sei auf mich aufmerksam geworden. – Wenig danach erschien der Kellner erneut mit einem vollen Tablett, wandte sich halb zu mir herab und nahm eins der Biergläser mit der freien Hand, um es gegen das leere, vor mir auf der blanken Tischplatte, auszutauschen. Um ihm behilflich zu sein, faßte ich nach dem leeren Glas ... es fiel mir um, es federte, von seinen bauchigen Rundungen angetrieben und in zunehmende Schwingung versetzt, in immer höheren Sätzen diagonal über den glatten Tisch, ich warf mich ihm hinterher und fing es, ehe es nach dem letzten geräuschvollen Aufschlag unter den Rand der Platte verschwand, durch einen Zufall ab, der fast noch unglaublicher war als das gesamte tückische Geschehnis. Als ich das offenbar unzerbrechliche Gefäß aufstellte, sah ich den Kellner nach Worten ringen. Brüllend, daß jeder es hören konnte, fragte er mich, ob ich *besoffen* sei; und ebenso grob stellte er fest, daß ich von ihm nicht mehr bedient werde. – Ich zahlte mit geschlossenen Augen das Bier, das ich ihm schuldig war, und verließ meinen Platz.

Den Blick zu Boden gerichtet, wie in einem seltsamen Wachtraum, ging ich, um mir einen Platz auf der Empore des Restaurants zu suchen, die man im hinteren Drittel des Saals nach dem Ersteigen einer Treppe erreicht, von wo aus, in gewöhnlich etwas ruhigerer Atmosphäre, wie von einer Kommandobrücke herab, das Gewimmel im unteren Teil des Raums zu überschauen ist. Als ich die Stufen erklomm, war ich unsicher – wenn ein solches Wort nach der geschilderten Situation noch einen Aussagewert hat – unsicher auf den Füßen, da ich die Einbildung nicht loswerden konnte, die Dielen unter mir hätten sich, nach einigen Sekunden merkwürdigen Schlingerns, in eine Neigung nach links begeben, auf der ich fürchten mußte, den Halt zu verlieren und seitwärts abzugleiten ... ehe ich aber im Schrecken darüber wirklich fiel, erreichte ich das Ende der Treppe und rettete mich auf einen Sitz. – Damit handelte ich mir den stummen Tadel eines älteren Herrn ein, dem ich mit meinem Ansturm auf den letzten freien Stuhl zuvorgekommen war. Der Herr wendete, um die Treppe wieder hinabzusteigen; ich drehte den Kopf weg in der unumstößlichen Gewißheit, im nächsten Moment seinen Sturz auf den abschüssigen Stufen zu gewahren; der rasselnde Aufschlag erfolgte, ich sah die Blicke aller Umsitzenden in seine Richtung fliegen, ich sah den alten Herrn schwankend sich nach einem monströsen schwarzen Regenschirm bücken, den er hatte fallen lassen. – Die verkniffen lächelnde Kellnerin kam, um meine Wünsche einzuholen; ich bestellte Kaffee und einen Weinbrand.

Wahrscheinlich will der Herr zu einer Beerdigung ... diesen Satz sprach eine der drei Damen, an deren Tisch ich den Platz erobert hatte. Ich schätzte sie alle drei über sechzig, sie waren luftig und vermutlich teuer gekleidet, und sie tranken Wein. – Man sieht es, wenn jemand zu einer Beerdigung will, man kann sich da gar nicht täuschen, fuhr die Dame fort, und die übrigen beiden nickten beipflichtend. – Ist es denn nicht viel zu heiß für Kaffee. Kaffee bekäm mir bei dieser Hitze gar nicht ... diesmal galten ihre

Worte zweifellos mir. Und wollen Sie nicht wenigstens Sahne. Sagen Sie doch dem Fräulein Bescheid, sie bringt Ihnen sicher die Sahne. – Nein, die nicht ... sagte sie, als ich nach dem Porzellankännchen auf dem Tisch langte; meine Hand fuhr zurück, als hätte mich eine Schlange gebissen. Die nicht, da ist eine Fliege drin, eine Fliege ist drin ertrunken ...; sie bedeckte die Öffnung des Kännchens mit den Fingern. – Meinten Sie mich, fragte ich, ich meine, wollten Sie wissen, ob ich zur Beerdigung will. Nein, zu einer Beerdigung will ich nicht ... – Wir meinten den freundlichen alten Herrn, der zu uns an den Tisch wollte. Er fiel mir schon in Nürnberg auf, als er in den Zug stieg heute morgen. So angezogen, dachte ich mir, will er am Ende zu der gleichen Beerdigung wie wir ... er kam mir gleich so bekannt vor. – Die übrigen Damen nickten unablässig und tranken mit vorsichtig gespitzten Mündern aus den Weingläsern. – Sie müssen wissen, sprach die Frau weiter, wir nutzen die Gelegenheit, wir sitzen nur zu unserem Vergnügen hier. Ich war nämlich vor zwanzig Jahren hier Kellnerin, und meine beiden Freundinnen wollten meinen Arbeitsplatz sehen. – Hier auf dem Hauptbahnhof, fragte ich. – Es hat sich hier nichts geändert, sagte sie, nur ... es ist wohl schlechter geworden, viel schlechter ... – die beiden Freundinnen zeigten erschreckte Mienen – ... es ist kein Bekannter mehr da. Das Personal von damals, sie sind bestimmt alle rechtzeitig verschwunden. Oder sind Sie anderer Meinung ... es würde uns schon interessieren, wie Sie es sehen. – Wir merken es nicht, sagte ich, nur manchmal, vielleicht heute. Irgendwann ist es soweit, und man merkt, daß Bahnhöfe eine Katastrophe sind. –

Vielleicht war ihnen meine Antwort übertrieben vorgekommen; sie hatten sich von mir abgewandt, und ihr Sprechen drang nicht mehr bis zu mir. Vermutlich, so überlegte ich, hatte die Frau auf meinen Widerspruch gehofft, auf eine Erklärung von mir, die bewies, daß es im Restaurant des Hauptbahnhofs, ihrem früheren Arbeitsplatz, allem äußeren Anschein zum Trotz noch zum besten stand ... aber ich hatte ihr diesen Gefallen nicht getan. Noch dazu konnte ich wirklich nicht belegen, was ich gesagt hatte ... und ich selber, mein eigener Anblick, wurde offenbar nicht als Beweis für die behauptete Katastrophe anerkannt. Mehr noch, es gab tatsächlich auf diesem gesamten Bahnhof nicht den geringsten Beweis für die Existenz einer Katastrophe. Wenn der Zug, den ich versäumt hatte, verspätet abgefahren wäre, so hätte ich zumindest auf einen mißlichen Umstand deuten können, aber ... – Zudem schien es mir gut zu gehen, immerhin hatte ich schon den dritten Kaffee, zusammen mit dem dritten Schnaps, bestellt ... oder es war schon das vierte derartige Gedeck.

Die Katastrophe also wäre erst zu erwarten, wenn es ans Bezahlen ging, aber dann würden die Damen vielleicht schon gegangen sein. – Irgendwas, irgendeine Zentrifugalkraft oder deren Anomalie, hatte mich rückwärts gegen die Lehne geworfen, und ich lag mehr in dem Polsterstuhl als ich saß; und in mir war ein Lauern, ganz darauf bedacht, jene äußeren

Veränderungen wahrzunehmen, die über mich hin flogen, die Schauer, die von den unabwendbar in meinen Kopf zurückkehrenden Gedanken an mein Ungenügen, so vielen Situationen gegenüber, herrührten und siedende Gefühle über meine Haut gossen, so daß diese, kaum getrocknet, sich sofort wieder mit Feuchtigkeit, mit roter Nässe vermutlich, bedeckte. – Mein Ungenügen vor den Situationen, vor jeder Situation, war – was ich längst schon erkannt zu haben glaubte ... und wenn ich es jetzt nicht wußte, war es lediglich ein wiederholtes altes Ungenügen – eine womöglich sehr weit verbreitete Unterlegenheit der Menschenfigur ihrer wahnwitzig funktionstüchtigen Welt gegenüber, die diese Figur, der Zauberlehrling, selbst geschaffen hatte. Ein Ungenügen, das dieser Figur wesenseigen war, und gegen das sie sich nur half, indem sie es als Krankheit bezeichnete. Nur daß der Diagnose alle Aussichten auf Heilung fernblieben. Und daß dieses Ungenügen an der Welt sich allein im Anblick einer Katastrophe der selbstgeschaffenen Welt revidieren zu können glaubte ... solange die Katastrophe ausblieb, hielt das Ungenügen vor.

Wenn ich zum Beispiel, was schon abzusehen war, meine Rechnung in diesem Lokal nicht bezahlen konnte, setzte ich meinen Abstieg, der an diesem Freitag begonnen hatte – so wie er an den meisten Tagen einmal begann ... und beinahe immer dann, wenn die Kraft, ihn links liegenzulassen, gering war – folgerichtig fort; während die Welt ruhig weiter funktionierte, hatte das Taumeln auf dieser schiefen Bahn bereits begonnen. Es bedurfte nur allerkleinster Anstöße … Bahnhöfe sind die vorzüglichsten Vorgaben für solche Anstöße … um in den Tiefen der Stadt, hinter dem Bahnhof, zu landen, dort, wo eine Flucht die nächste nach sich zöge. Zur Genüge kannte ich diese Gestalten, die allnächtlich, wenn die Transportpolizei ihre letzte Runde hinter sich hatte, in den Restaurants auftauchten, als hätte die Schattenwelt sie ausgespuckt, die zu zweit oder zu dritt sich eine Tasse Kaffee teilten, abgerissen und übernächtigt versuchten, die Köpfe auf den erdgrauen Unterarmen, sich eine Stunde Schlaf zu stehlen, unter dem Tisch die vom dauernden wachsamen Schlenderschritt wassersüchtig gewordenen Füße, die dickgeschwollen aus den geplatzten Schuhen quollen. Bis sie wieder hinausgejagt wurden, verschwitzt und fliegenumschwärmt, und es war eine Gnade, wenn sie bloß verjagt wurden. Sie alle warteten seit jenem Tag ihrer ersten harmlosen Zechprellerei darauf, daß nicht ihnen, daß endlich der Welt ein Unheil geschah.

Sie sehen blaß aus, junger Mann, meinte die gesprächige Dame, die zu meiner Überraschung, zusammen mit ihren Freundinnen, noch immer am Tisch saß. Die Kellnerin war soeben gekommen und hatte, wieder mit dem argwöhnisch verkniffenen Lächeln, noch einen Kaffee und noch einen Weinbrand gebracht. – Ist Ihnen schlecht geworden … vielleicht müssen Sie kurz an die Luft gehen, wir sagen dem Fräulein Bescheid … – Ich werde gehen und meine Fahrkarte verkaufen, sagte ich. Wenn Sie etwa nach Berlin wollen, ich würde Ihnen die Fahrkarte zum halben Preis überlassen. – O nein, erwiderte sie belustigt, was denken Sie, wir fühlen uns sehr wohl hier, nicht wahr ... – die beiden anderen, die mich voller Unbehagen angesehen hatten, beeilten sich, zustimmend zu nicken – ... früher war es sicher noch angenehmer hier, aber ich glaube, man soll es nicht zu schwarz sehen. Zuerst dachte ich, er ist nur in der Untergangsstimmung, weil er sich nicht gut fühlt. Aber ich weiß schon, ich kenne das von den Gästen von früher. Man sah es gleich, wenn irgendwas nicht stimmte. Besonders in der Nacht tauchten viele davon auf, wer weiß woher ... das ist nicht mehr unser Problem. –

Vielleicht hatte die Dame recht, und diese Untergangsstimmung, wie sie es nannte, würde sich auflösen lassen, wenn ich mir die Ursache erklären konnte. Es kostete mich in meiner Schräglage ungewöhnliche Anstrengung, mich nach der Normaluhr umzuwenden, die hinter mir am anderen Ende des Saales über dem Ausgang hing; es gelang mir zwar die Zeit abzulesen, doch schien es mir plötzlich unmöglich, sie in eine Relation zu der Abfahrtszeit des Zuges zu setzen, den zu benutzen ich vorhatte. Nein, es war zwecklos, ich mußte hierbleiben und hier auf den Untergang warten, den ich nicht sinnfällig machen konnte ... er allein würde auch das Begleichen meiner Rechnung unnötig werden lassen. Die Lust aller großen Untergänge war, daß die Rechnungen gegenstandslos wurden ... so gesehen, rechnete noch der Asozialste wie ein Kaiser. – Ja, es hatte schon begonnen, als ich noch, eine Etage tiefer, in der brodelnden Hölle des Zwischendecks saß, wie rasend meine Gläser umstieß und dem Krachen lauschte, mit dem, vermutlich, hoch über diesem monströsen Bauwerk, in der fahlen Lufthülle des Sommerhimmels, Jagdflugzeuge die Schallmauer durchbrachen, daß die Vibrationen davon sich bis in meine Körperfasern fortsetzten, und während vor den riesigen Fenstern, auf die ich blickte, langsam und ohne daß es jemand bemerkte, eine schneeweiße gleißende Nebelwand vorbeizudriften schien. – Vielleicht nur, daß man eins der Fenster geöffnet hatte, und noch mehr Glutwärme hereinflutete, in der die schmutzig verfärbten Banner der Gardinen sich quer nach innen bauschten, und man einen Augenblick lang der Täuschung unterlag, das gesamte Riesenschiff des Bahnhofs habe sich auf die Seite gelegt.

War es eigentlich an einem Freitag ... ich hatte keine Ahnung, ob ich diese Worte laut sprach, jedenfalls erhielt ich keine Antwort. War es ein Freitag. Es muß einfach ein Freitag wie heute gewesen sein ... gleichviel, ob Freitag oder Dienstag, sie feierten ruhig weiter in den noch gut geheizten Sälen, ihre Menschenwürde war plötzlich wiederhergestellt. Niemand mehr mußte auf eine Rechnung warten, nichts mehr würde zu bezahlen sein, es sei denn, mit dem Leben. Sie alle wußten es, seit dieses sonderbare Krachen, von oben oder von unten, irgendwoher von außen gekommen war. – Ach lassen Sie uns nur, warf die Dame ein, nun sind Sie wohl ärgerlich, weil wir so guter Dinge sind. Sie glauben es vielleicht nicht, daß wir zu einer Beerdigung wollen. Aber wenn wir schon einmal zur Beerdigung nach drüben fahren, dachten wir uns ... – Da kann von einer Beerdigung keine Rede sein. Wissen Sie, welche Position wir haben. Einundvierzig Grad sechsundvierzig Minuten Nord, fünfzig Grad vierzehn Minuten West, wenn ich richtig liege. Wissen Sie, welche Position das ist, da ist keine Erde drunter. Nur Wasser, Wasser und manchmal Eis, ganz anständige Geschwader von Eisbergen. Ziemlich unwirtlich, da hält sich nichts drauf. Da bleibt nichts oben, es geht abwärts, ab zu den Fischen. Feiern Sie ruhig weiter, wir sinken. Aber halten Sie bitte Ihre Gläser fest, daß sie mir nicht auf den Schoß fallen, wenn die Schlagseite zunimmt. Nicht durch die Fenster da, wahrscheinlich unten durch den Eingang wird das Wasser hereinkommen ... bestimmt steht es schon unten an der Treppe, hören Sie nur das Geschrei da unten. Die halberstickten Stimmen der Aufsicht, die Ruhe bewahren wollen. Da hat man nun dieses Ungetüm gebaut, sicher, wetterfest, feuersicher, bombensicher, beispielhaft für Europa, aber es gibt keinen Haken im Himmel, an dem wir uns festhängen könnten. Ob wir sanft aufsetzen werden, wenn wir unten sind. Näher, mein Gott, zu dir ... bist du da unten, unter dieser Position, auf der dieses Wunderwerk sich langsam vollsäuft. Wissen Sie den Namen, den der Riesenkasten später haben wird: *Titanic* ... richtig verstanden, da sitzen wir jetzt: *Titanic Westseite*, schon bei beträchtlicher Schräglage. Dabei ist es belanglos, und wird wohl kaum überliefert werden, welche Seite zuerst eintaucht.

Werden Sie es noch schaffen, fragte besorgt die Dame, als mir die Kellnerin, schon kopfschüttelnd, wieder Kaffee und Schnaps hinstellte. Wollen Sie sich denn mit Gewalt betrinken ... – Darauf kommt es nun auch nicht mehr an, erwiderte ich, in dieser Lage nicht mehr. Lassen Sie uns wenigstens ohne Hader untergehen ... vor allem, ohne ungerecht zu werden. Denken Sie an Ihren Kollegen da unten, er schimpfte mich betrunken ... lächerlich, das Bier war mir doch umgefallen. Und ich war so dumm und bezahlte es noch. Sagen Sie, wollen Sie nicht doch eine Fahrkarte nach Berlin kaufen, Sie haben immer noch die Chance. Frauen und Kinder zuerst, heißt es doch immer. Und so mag es bleiben, auch hier, auf diesem festen Grund, auf dem man vergißt, wohin man wollte.

1984

Er, nicht ich

Doch ist, was ich vortragen will, nicht etwa eine Erzählung des weichlichen Alkinoos, sondern die eines wetterfesten Mannes, des Er ...

Platon: Der Staat. Zehntes Buch

Schon als C., der sich vorgenommen hatte, nicht mehr dem eitlen Leben zuliebe zu handeln, das Haus verlassen wollte, wurde es notwendig, einer jungen Frau, die abwartend auf dem Trottoir stand, einen Kinderwagen die drei Treppenstufen hinaufzuheben und, behindert von dem schweren Türblatt, das aufgrund des selbsttätigen Türschließers viel zu schnell und kräftig zurückpendelte, ohne Schaden zu dem schmalen Eingang hinein. Wieder ins Haus zurück also, mit dem Rücken voran, den Schlag der Tür zwischen den Schulterblättern, in Mühe, die Erschütterung dem federleichten Kinderwagen nicht mitzuteilen, war er einzig bedacht, seine Eile nicht spürbar werden zu lassen – die mehr um ihn denn um das Kind besorgten Blicke der jungen Frau ließen nicht ab von seinem unmöglich verborgen zu haltenden Gesicht, während er angestrengt in den gewichtslosen Kinderwagen starrte – und sich dennoch nicht wieder aufnehmen zu lassen von dem Hausflur, dessen Dämmerung ihm jetzt warm erschien. Es war ihm gelungen, mit einem Fuß die Tür offenzuhalten und, den Wagen absetzend, zugleich die Frau hereinschlüpfen zu lassen; hastig wollte er sich zum Gehen wenden, da fühlte er, die Augen der Frau hingen noch immer an ihm: er hatte sich augenblicklich verglichen geglaubt ... und gleichzeitig hatte er sie verglichen, mit einer anderen, ihr vielleicht ähnlichen Frau, die oben in seinem Gedächtnis war, eine Erinnerung, in einem Brief, in den Entwürfen zu seiner Niederschrift, oben zurückgelassen in seinem Zimmer ... nein, sie war es nicht; er wußte, sie lebte tatsächlich in einer der ihm benachbarten Wohnungen in den oberen Stockwerken. – Möchten Sie, daß ich Ihnen den Wagen auch die Treppen hochtrage? fragte er sie. – Nein, erwiderte sie, das tut nachher mein Mann. Den Wagen im Flur zurechtschiebend, die Hinterräder mit der Bremsvorrichtung blockierend, begann sie, das Daunenzeug zurückzuschlagen, um das Kind herauszunehmen, das ihm seltsam still und reglos vorkam. – Gut, sagte er, ich hätte Ihnen gern geholfen. – Es ist nicht nötig, sagte sie, wirklich nicht. Ich danke Ihnen. – In Ordnung, sagte er. Keine Ursache, sich zu bedanken.

Damit verließ er das Haus und schritt sofort über die Straße, zweifelnd, ob er sich normal verhalten habe. – Wahrscheinlich, überlegte er, hätte ich das Wagengestell gar nicht erst freigeben dürfen, hätte gleich beginnen müssen, mit dem Wagen die Treppen hochzusteigen ... offenbar spielt es eine Rolle, daß ich wenig Zeit habe, eigentlich gar keine Zeit, was niemand wissen kann. Der Brief muß bis achtzehn Uhr im Kasten sein, aber der Brief ist ein wenig überzeugender Grund. Mit einem Griff vergewisserte er sich, daß der Brief noch in seiner Manteltasche steckte, es schien der Fall zu sein; er ging drüben auf dem Bürgersteig eilig vorwärts, noch immer in dem Empfinden, die Blicke der jungen Frau im Nacken zu haben. Aber er schaute sich nicht mehr um; die Sonne neigte sich schon zum Rand der Dächer, die schwarze Silhouette eines Kirchturms war davorgetreten, worauf die Zeit der Turmuhr nicht zu erkennen war ... es ist tatsächlich nur die Zeit dieser Turmuhr, die nicht zu erkennen ist, beeilte er sich zu denken. Er versagte es sich, vor der Auslage einer Fischhandlung stehenzubleiben, obwohl ihm die Tafel mit den in großen Kreidezeilen aufgeführten Sonderangeboten flüchtig einen verlockenden Eindruck machte. – Welch sonderbar erstorbene Zeit, dachte er, wenn es am Abend Kreidezeilen sind, die einen anziehenden Eindruck machen. In diesem Augenblick wußte er, daß er versehentlich die falsche Richtung eingeschlagen hatte. Er hätte auf diesem Bürgersteig umkehren müssen, um schnellstmöglich den nächsten Briefkasten zu erreichen. Doch nun entsann er sich der Bedenken, die er länger schon bezüglich der Benutzbarkeit des bewußten Kastens hegte; es mußte ihm, gleich nach dem Verlassen der Wohnung, wieder eingefallen sein: der Kasten, jener ihm am schnellsten erreichbare, hatte ihm stets einen wenig vertrauenerweckenden Anblick geboten; die Farbe war fast ganz von ihm abgerostet, die Klappen über den Einwurfschlitzen bewegten sich kaum noch, niemals wurden die weißen Emailletäfelchen, welche die Leerungszeiten angaben, gewechselt ... wie immer verspürte er Resignation, der unbewußte Entschluß, nach einem anderen Kasten zu suchen, verursachte ihm die beinah beruhigende Gewißheit, daß der Brief nicht mehr auf den ihm zugedachten Postweg gelangen werde. Die Zeit der Leerung, seiner Ansicht nach achtzehn Uhr, mußte gleich heran sein ... eigentlich gab es nur noch die Hoffnung auf eine Verspätung des Postautos. Als er in die nächste Seitenstraße einbog, erkannte er weit unten das leuchtende Gelb eines Postkastens, dort aber befand sich auch schon das Postamt, vor welchem nur noch eine mehrspurige, um diese Zeit von schier endlosen Autokolonnen befahrene Schnellstraße zu überqueren war. Wenn der Briefkasten dort unten pünktlich geleert wurde, blieb immer noch die Möglichkeit, den Brief direkt zum Postamt zu tragen ... seit dem Vortag wahrscheinlich schon hatte er ihn in der Tasche, und der Gedanke erinnerte ihn an eine böse Begebenheit, die sich in dem Postamt abgespielt hatte: gestern, oder noch einen Tag früher, er mochte daran nicht denken. Soeben hatte er gesehen, wie unten am Bordstein ein Wagen hielt, wie der Briefkasten geleert wurde: flüchtig faßte er die Idee, das wieder anfahrende, ihm entgegenkommende Auto mit einem Handheben abzustoppen und den Brief durchs Fenster zu reichen, der Vermerk *Eilbrief/Express*, säuberlich in die untere Ecke des Kuverts gemalt, konnte es rechtfertigen. Aber da hielt ihn schon ein älteres Paar an, mit der Bitte um Erklärung, wie der Weg *nach Pankow* ginge. – Nach Pankow? sagte er zu den beiden ältlichen Leuten, die sich völlig verirrt haben mußten und ihn ungläubig anstarrten. Nach Pankow? Nach Pankow können Sie unmöglich laufen. Sie müssen die Straße zurück und mit der Stadtbahn fahren. Umständlich setzte er zu einer Erklärung an, welche Strecken dafür in Frage kämen; schon nach wenigen Sätzen erkannte er, daß die beiden Alten nervös wurden und es offenbar für aussichtslos hielten, sich das Ganze zu merken, oder wie sie, mit Recht, an seinen Erörterungen zweifelten, da an diesen in der Tat einiges irrig war ... er zweifelte sofort selbst und fragte sich, ob seine Beschreibung falsch sei, weil er nicht den anderen Weg zu seinem alten, unglaubwürdigen Briefkasten genommen hatte. Er brach ab und dachte, sie wären wohl schon froh, wenn sie den Weg zum Bahnhof wiederfänden, wo sie angekommen sein mußten, die beiden Alten: er nannte ihnen den Weg dorthin. Der Mann, der verwirrt eine Zigarette in den Fingern drückte, für die er offenbar kein Feuer hatte, wollte etwas sagen, aber die Frau befahl ihm in wildem Ton zu schweigen, er habe schon zuviel verdorben, ganz klar, er habe mit seiner Saumseligkeit schon *alles* verdorben. – Seien Sie so gut, junger Mann, bat sie noch einmal, zeigen Sie uns den Weg nach Pankow. – Es ist am besten, Sie gehen zum Bahnhof L. zurück und fragen dort nach einer Bahn, die nach Pankow fährt. Wissen Sie, wie Sie zurück zum Bahnhof kommen? Der Mann mischte sich ein: Ach, können Sie mir vielleicht bitte Feuer geben? C. suchte in den

Manteltaschen nach Feuer, dabei glaubte er den Brief wieder zwischen den Fingern zu haben ... ich habe den Brief, dachte er erleichtert, noch nicht gestern eingeworfen, nicht in den alten Kasten, in dem er wahrscheinlich eine Ewigkeit liegen würde ... und riß ein Zündholz an, eins der letzten aus der verbeulten, verschwitzten Schachtel. Und dem Alten die Flamme reichend, sagte er: Wissen Sie den Weg zum Bahnhof! Sie müssen diese Straße zurück und unten links abgehen. Dann immer weiter bis über zwei Seitenstraßen, bis vor die Unterführung, bis vor den Tunnel, der zur Bahn hinuntergeht. – Aber dort sind wir wohl auch nicht schneller da ... in Pankow, nicht? sagte die Frau. – Nein, erklärte C., von dort aus fahren Sie mit der S-Bahn, bis Ostkreuz, alles in Richtung Friedrichstraße ... können Sie das behalten? – Du sollst nicht soviel rauchen! herrschte die Frau den Mann an; sie schlug heftig mit einem Regenschirm, oder vielleicht auch mit einem Spazierstock, nach der Zigarette des Alten, dieser jedoch, derartige Angriffe scheinbar gewohnt, wich dem Hieb geschickt aus. – Gehen Sie zurück, zum Bahnhof zurück, sagte C. verzweifelt. Versuchen Sie es, gehen Sie dahin, wo Sie hergekommen sind, dort wird man es Ihnen zeigen ... ich muß so schnell wie möglich zur Post! Zum Beweis zog er den Brief halb aus der Manteltasche. – Nein, wir kommen nicht von hier, da irren Sie sich, junger Mann! sagte der Alte, sich in plötzlichem Interesse herabbeugend; er war ein Stück größer als C., dessen Worte erst jetzt das Gesicht über ihm erreicht zu haben schienen. Wir kommen nämlich nur vom Bahnhof, wir sind mit dem Zug angekommen. Aber von hier ... nein, von hier sind wir nicht! – Ja, sagte C., gehen Sie zum Bahnhof zurück. Lassen Sie sich die Fahrt nach Pankow zeigen, vom Aufsichtspersonal. Fahren Sie mit der S-Bahn, oder mit der U-Bahn. – Zum Bahnhof zurück, murmelte der Alte enttäuscht. Ja doch, wir sind vom Bahnhof gekommen, wir kennen den Weg zum Bahnhof, dort unten, gleich durch den Tunnel ...

Heftiger Schmerz mußte sich in C.s Gesicht spiegeln, denn der Mann murmelte eine Entschuldigung; er faßte die Frau an der Hand, um sie die Straße hinauf, geraden Wegs, weiterzuziehen. C., mit einem Ausfall nach vorn, suchte zu entfliehen, verharrte aber im nächsten Augenblick. Er fuhr herum, umrundete die beiden Alten, verstellte ihnen die Richtung und schrie, mit ausgestrecktem Arm die Straße abwärts weisend: Dorthin, dorthin geht es zum Bahnhof. Und dann links ... dorthin, dorthin, dorthin! Die beiden Alten, wie unter plötzlicher Prügel sich duckend, wendeten augenblicklich und hasteten erschrocken davon. Er erkannte nun, daß beide gehbehindert waren: während der Mann ein sichtbar längeres und wahrscheinlich steifes Bein bei jedem Schritt stark nach der Seite ausschwenkte, ging die Frau an einer Krücke, ihr Oberkörper schaukelte dabei in heftigem Schlingern über der Hüfte hin und her; so schienen sie sich in fast mechanischem Zusammenwirken fortzubewegen und sich dabei zu ergänzen. Der Alte hatte der Frau mit einer schützenden anrührenden Geste den Arm geboten, sie hängte sich ein und drängte sich an ihn, beinahe flüchtend, wie zu einer merkwürdigen Maschine vereint, humpelten sie davon. C. hatte den Eindruck, mit übertriebener Gebärde auf eine Kirchturmuhr gedeutet zu haben; wenn eine solche Uhr von hier aus zu sehen war, so mußte sie inzwischen in der Abenddunkelheit verschwunden sein. Es fiel ihm ein, daß er das Paar einfach die Straße hinunter hätte begleiten können, um ihnen unten den Tunneleingang zum Bahnhof zu zeigen ... es war zu spät, er überquerte die Fahrbahn, um sie nicht noch einmal überholen zu müssen.

Beim Eintritt in den Schalterraum der Post hatte er einen Keil in die abgestandene Luft treiben müssen, gleich hatte er die Menschenschlange gewahrt, die sich vor der Bedienung der einzigen, hinter Glas mit Papier und Stempeln hantierenden Angestellten zu einem ausholenden Fragezeichen aufgereiht hatte. Freilich hätte er den Brief in eins der in der Wand befindlichen Einwurffächer stecken können ... zudem hatte es vor der Tür des Postamts, auf dem Vorplatz, einen unübersehbaren Briefkasten gegeben, in Form einer viereckigen gelben Säule, die er ein-, zweimal umkreist hatte, unschlüssig ... endlich fiel ihm auf, daß er sich auf dem Vorplatz noch herumdrückte, als die Eingangstüren des Amtsgebäudes abgeschlossen wurden. Wiederholte Zweifel, ob es in der sichtbaren Wirklichkeit um ihn etwas gab, das den Inhalt des Briefs rechtfertigte, hatten ihn vor jedem Handeln zurückschrecken lassen ... heute oder gestern, irgendwann hatte er sich für Minuten ans Ende der Kundenschlange gestellt; er hatte einen Schüttelfrost unterdrücken müssen, die Differenz der überheizten Luft im Schalterraum zu der spätherbstlichen Abendkühle, aus der er gekommen war, war ihm so bedeutend erschienen, daß er plötzlich geglaubt hatte, es sei in seinem Innern ein eisiger Kern verschlossen, stark genug noch, die Wärme von außen nicht einzulassen ... oder sogar unschmelzbar. Er wollte warten, um einige Briefmarken zu kaufen, denn er hatte den Eilpostzuschlag nicht mit aufgeklebt ... auch dies war unsinnig, denn es hingen Automaten zum Auslösen von Briefmarken an allen Wänden. Er merkte plötzlich, daß er sich kaum noch auf den Inhalt des Briefs besinnen konnte, er fühlte gar, daß er den Brief selbst zu vergessen imstande war ... daß er ihm gleichgültig geworden war, daß er seinen Sinn aus den Augen verlor, daß es immer mehr Pausen gab, in denen er sich des Briefs in seiner Manteltasche nicht mehr gewärtig war, von Minute zu Minute, und für immer längere Momente, und daß er dabei eine Ruhe verspürte, die nicht unangenehm war, daß ein seltsam verschwommenes Wohltun in diesem Vergessen war ... als ob die Wärme des Raums dadurch endlich Platz in ihm zu finden vermochte. Wies der Inhalt des Schreibens nicht so grobe Fehler auf, daß er ihn vergessen mußte? Gereichte er nicht zum Schaden einer ganz unschuldigen Person? Dieser Brief, der an eine hochgeordnete Instanz der Stadt gehen sollte, und der einen an dieser Stelle längst als bereinigt geltenden Gegenstand wieder aufwarf, war vielleicht gefährlich allein dadurch, daß er die kostbare Zeit einer Abteilung für *Innere Fragen* an sich riß, während er doch ganz – so war es C.s Absicht – von einer *außerhalb* befindlichen Position ausging. Vielleicht, so grübelte C. ergebnislos weiter, war es die geheime, ihm selbst nicht bewußte Absicht des Briefs, seinen Absender aus diesem Draußen ins Innere der diese Stadt beschäftigenden Fragen zurückzuholen ... wenn sich diese Stadt überhaupt mit irgendwelchen Fragen beschäftigte: und darauf sollte das unendlich Fernliegende des Schreibens hinweisen. Das Schreiben verfolgte eine Absicht, aber etwas daran war falsch, mußte er sich sagen ... aber was ...: wahrscheinlich gehörte diese Frage schon zu den *Inneren Fragen*, an deren Verwaltung der Brief gerichtet war. Wenn dies so war, dann war der Brief entweder unnötig oder verfehlt ... dann störte er die Verwaltung der Fragen: indem er eine Antwort gab, als ob das Problem, nach dem niemand mehr Fragen stellte, noch nicht gelöst sei ... eine Antwort also, die der Verwaltung in einem Moment, wenn auch in einem unbedeutenden Moment, ihren Platz streitig machte.

Er war immer nervöser geworden bei diesem Nachdenken; in dem Augenblick, als er zum Schluß kam, hatte sich vor ihm, nur einen Schritt entfernt, eine so widerliche Szene abgespielt, daß er sich zur sofortigen Flucht aus dem Postamt genötigt sah. Ein in jeder Hinsicht stark angetrunken wirkender Mann von ungewöhnlich athletischer Gestalt, der einen üblen Geruch verströmte, hatte ein Kind, ein ungefähr zehnjähriges Mädchen – nachdem er schon eine Weile, man hörte es immer als drohenden Beiklang neben dem gleichmäßigen Summen der Leute, vor sich hin gebrabbelt und geflucht hatte – mit der flachen Hand, oder gar mit der Faust, so brutal ins Gesicht geschlagen, daß sich das beinah bewußtlose Kind rücklings auf den Boden setzte, wie im Krampf den Mund öffnete, jedoch keinen Ton hervorbrachte; mehrere Mutige fielen dem Unhold in den Arm, der dazu ansetzte, sich ein zweites Mal auf das Kind zu stürzen; es gab ein wildes Gedränge, brüllende, vor Erregung sich überschlagende Stimmen tönten, die sofort die Schmerzgrenze seiner Aufnahmefähigkeit niederrissen, C. floh, den Brief wie einen Schutzschild vor der Brust, aus der Post, was ihm wie ein Bündnis mit dem Betrunkenen vorkam, der dicht hinter ihm ebenfalls das Weite suchte.

Aufgewühlt ging C. vor dem Postgebäude hin und her, in der Abendkühle einen Anfall von Übelkeit niederkämpfend. Auf einmal schien es über Gebühr kalt werden zu wollen; der mächtige Neubau der Post, in dessen Räumen er sich für Minuten erwärmt und ausgesöhnt gefühlt hatte – es konnte dies aber auch gestern gewesen sein –, war ihm auf einmal ein Schauplatz des Ungeheuerlichen: eine düstere tiergestaltige Schattenform, so sah er das breite Betonmassiv im schwarzen Grund des Pflasters kauern, in unbestimmter Heimtücke zwischen den Hochhaustürmen, die sich gleichförmig fort bis ins Dunkel der Nacht reihten. Und nach und nach gingen in der Post die Lichter aus, bis nur noch aus den Räumen unterhalb des eisigen Straßenbetons ein schmutzrotes Leuchten schien, zerschnitten von den Streben der Abdeckgitter, durch die das Licht wie ein Glutnebel an den Wänden der Post heraufkroch. – Er lenkte seine Schritte in Richtung eines Haltestellenschildes des Stadtverkehrs, das es vor dem Eingang des ersten der Hochhäuser gab: dort war soeben ein Omnibus eingefahren, der die Nummer eines ihm bekannten Stadtviertels führte. Die Füße waren ihm auf dem Betonboden, der im Frost zu glitzern begann, fast abgestorben, er ging vorsichtig, wie in Schuhen aus Glas, und erreichte den Bus dennoch ohne Mühe, da die drei Eingänge des Fahrzeugs schier unendliche Menschenströme entließen. Als er – wie im Zufall und eigentlich nur, um der Kälte zu entgehen, die er keinen Moment länger glaubte ertragen zu können – in den Bus stieg, war er fast allein im schwach erhellten Raum des Fahrzeugs, das sich, noch bevor die Türen sich wieder geschlossen hatten, weich und fließend in Bewegung setzte. – Kaum hatte er auf einer der hinteren, glatt bezogenen Polsterbänke Platz genommen, kamen ihm Zweifel, ob er sich jetzt noch, nach einem Jahr oder schon mehr als einem Jahr, der richtigen Liniennummer der Strecke entsann, die er früher täglich gefahren war, als er in jenem Stadtviertel noch einer Arbeit nachging ... oder aber, was auch möglich war, ob sich der Bus nicht gerade auf der Rückfahrt von dort befand, und ihn nun in die entgegengesetzte Richtung bringen mußte. Die Gegend, an die er dachte, war ein südwärts gelegener Stadtteil am Rand großer Industrieanlagen und Flußhäfen: vielleicht hatte der Bus die Leute, die um diese Zeit Arbeitsschluß hatten, zur Stadtmitte gebracht? Früher war er selbst in überfüllten Bussen nach Hause gefahren, im Herbst und im Winter, wenn über der langen Fahrt schon die Dunkelheit hereinbrach ... endlich überzeugte ihn das Lesen des an einem Fenster aufgehängten Haltestellenplans, daß er, beinahe instinktiv, die vorgesehene Strecke gewählt hatte.

Schnell steigerte der Bus sein Tempo, nach zwei oder drei Stationen, wo nur wenige Fahrgäste noch zustiegen und gleich hinter dem Fahrer Platz nahmen, gab es für lange keinen Halt mehr, schnell waren die glatten Betonfahrbahnen zu Ende, die Räder begannen über unebenes Pflaster oder miserablen Asphalt zu rasen. Das Fahrtgeräusch schwoll zu jagendem Gedröhn, erfüllte das Innere des Wagens mit einem schmetternden Lärm, der wie immaterieller Steinschlag von einer Seite auf die andere geworfen wurde, oder wie Schutt nach vorn flog, wenn der Bus vor engwinkligen Kurven scharf bremste, bis – nach einer solchen Kurve, mit dem wütend anwachsenden Fahrtwind, der durch ein unverschließbar defektes Schiebefenster hereinheulte – die Lärmwoge ins Heck zurückgeworfen wurde, wo sie sich in immer dichterer Masse aufzuhäufen schien. C., der fast vom blanken Kunststoffbezug der Bank geschleudert wurde, versuchte sich einzuklemmen, indem er die Unterschenkel dem leeren Vordersitz andrückte und seinen Rücken mit ganzer Kraft in die Lehne preßte: in so verkrampfter Haltung gefangen, spürte er, wie er in dem eisigen Zugwind zu erstarren begann ... weiter vorn, hinter der Kanzel des Fahrers, im trüben Geflacker der Beleuchtung, sah er die wenigen Fahrgäste in den Sitzreihen hüpfen und tanzen, steif und hölzern wie Marionetten, die jeden Moment in den Gang geworfen werden konnten; immer wieder, wenn sich der Gelenkbus, während einer Kurve, in der Mitte zu einem Winkel bog, und sich danach wieder zur Geraden formiert hatte, erwartete C., sie zwischen den Sitzen liegen zu sehen, die Schatten ineinander verkeilter Gliederpuppen ... oder die Silhouetten von Leichnamen, die in der eisigen, konvulsivischen Zugluft im Sitzen starr und kalt geworden waren. So war es ihm längst, als werde er gänzlich fremden, unmenschlichen Gegenden zugetragen, Stadtgegenden zu, die im Handel mit dem Leben längst zur Disposition standen, der Bus machte nicht mehr halt ... er hatte offenbar die planmäßige Route verlassen. Allein durch einige Umleitungsschilder, die er bei angestrengtem Hinausblicken flüchtig wahrnahm, und die immer wiederkehrten, erfuhr er etwas Beruhigung ... der Bus schien Schleifen und Schlangenlinien zu verfolgen, draußen senkte sich das Gelände in die schwarze Leere riesiger Bauplätze hinab, nur hin und wieder waren rotglühende Warnleuchten zu sehen; mit gedrosseltem Motor, und dennoch voller Ungestüm, hastete das Fahrzeug, denkbar knapp, an bodenlos erscheinenden Ausschachtungen entlang, gefrorene Erde oder Gestein mußte die Fahrbahn übersät haben, denn am Rand der Gruben vollführte der Bus halsbrecherische Sprünge ... endlich blieb auch diese Gegend zurück, in der Entfernung wurden wieder Wohngebiete sichtbar: auch diese kamen ihm nicht mehr bekannt vor. Vergeblich suchte er sich in jene früheren Tage zurückzuversetzen, in denen er diesen Bus benutzt hatte: als ob er sich so in Zusammenhänge hätte versetzen können mit den Wohnungen, die dort ihre Lichter herüberspiegelten, aus großer Entfernung, durch das kahle und frostige Gewirr von Ästen hindurch, dem Geäst einiger Bäume, die am Rand der Bauplätze noch übrig waren. – Wer war er damals ... dieser C., der schläfrig, erloschen, beziehungslos durch eine ihm stets gleiche Finsternis gefahren war, der weder sah noch hörte – der den Entwurf eines anderen C. in der Tasche trug, den mißlungenen Briefentwurf? – und der ohne Empfindung war für die von früher Nacht bedeckte Landschaft, für die Stadt mit ihren ihm unbekannten Geräumigkeiten, wo er erst wenige Jahre ansässig war und wo er das Leben nur durch Dünste und Dunkelheiten zu erblicken schien, das Leben, von fern herüberblitzend ... kaum daß sie ihm Leben gewesen waren, diese Regungen, dort drüben hinter den erleuchteten Fenstern, Vermutungen nur von Regungen, fern herüberblitzend, dies träge Zögern der Schatten dort, verdünnt vom Stoff der Gardinen. Was war jenem C. geschehen, seit er in dieser Stadt lebte ... konnte er es nicht erfahren, wenn er den Brief las, wenn er ihn jetzt aufriß, augenblicklich im Halbdunkel der Busbeleuchtung, unter den Erschütterungen der Fahrt, die wie geschaffen waren für diesen Briefinhalt: flackernde, zur Seite gewischte Wörter, Halbsätze, Zufallsformeln ... verwechselte, durcheinandergewürfelte Zeilen? War in diesem Brief nicht der Entwurf von dem, den er jetzt verkörperte? Konnte der Brief nicht andeuten, schwach beleuchtet, weshalb er diese Fahrt jetzt unternahm? War sie schon auf dem Papier, seine Funktion, die verwaltet, verhandelt werden konnte ... war diese Funktion schon gedeckt durch den, den er jetzt darstellte ... es war ihm, als habe er irgendwann längst gezeugt, mit den Augen gezeugt, was seiner Erinnerung fehlte. – Nein ... was ihm fehlte, sollte in den Tiefen seines Mantels verborgen bleiben, tief in den Mantelsäcken dieser Umhüllung, die ihm zu eng war und die der Kälte keine Gegenwehr bot ... nein, wenn in seinem Innern Leben war, so hatten gewisse Erinnerungen darin nichts zu suchen. Mochten sich andere erinnern ... mochte ein Überbau sich erinnern, eine dem Leben übergezogene Verwaltung, zuständig für Fragen und Erinnerungen ...

Den Rücken flach an der Lehne, die Schienbeine fest an der vorderen Sitzbank, so fühlte sich C. eingespannt in einen immer geringeren Zwischenraum ... und plötzlich war ihm, er werde in eine frühere Figur zurückverwandelt, unaufhaltsam kehrte er in die Gestalt einer Erinnerung zurück. Diese schien mit rohen zerstörerischen Kräften ausgestattet ... vielleicht seit einem Jahr hatte er sich dieser Gestalt entkommen geglaubt, seit wenig mehr als diesem Jahr hatte er sich in neuem Gehaben verpuppt und mit Gefallen das Papiergezitter in seinen Fingern beobachtet, hatte sich den weißlichen, nach innen gekehrten Blick angeeignet, für den die Praxis eine Abhandlung war, doch er hatte sich getäuscht. In kaum mehr als einem Jahr war nicht abzustreifen, was von Generationen, schier unendlichen Generationen in ihm ausgeprägt worden war. Das Abbild ... nein, der Zustand jener finsteren ungeschlachten Rasse mit den verspannten Kinnladen war nicht so schnell zu verlassen. Allzu deutlich war er wieder der Sproß jener Rasse der primitiven Laster, die ihn erzeugt hatte, er war wieder der *Arbeiter*, der er damals gewesen war, vor einem Jahr, vor mehr als einem Jahr, bevor er aus diesem Bus ausgestiegen war und einen *Schlag* gegen diesen Zustand geführt hatte. Er erinnerte sich genau: die Arbeiter lebten in Bussen, es war ihre Bestimmung, sich mit Bussen zu den Plätzen karriolen zu lassen, wo das Wesen ihrer Funktion herrschte, tagtäglich, und mit Bussen wieder zurück, wo ihre auf Abruf zurechtgemachten Schlafstätten waren ... und immer wieder holten ihn Busse in diese Zeit zurück. Als ob im Innenraum des Fahrzeugs ein eigenständiges, von dem der unbeweglichen Außenwelt verschiedenes Kontinuum herrschte, andere Zusammenhänge von Raum und Zeit, welche von den wirklichen Zusammenhängen, jenseits der Busfenster, nicht beeinflußt wurden. Und dennoch war es, als blicke er von außen zu sich herein ... in der seinen Kopf widerspiegelnden Scheibe sah er seine Stirn unter einem Bausch von schmutzgelben Haaren nach hinten fliehen, während ihm der untere Gesichtsteil hervorsprang, geschwollen, gewachsen offenbar, vielleicht gedunsen in der auf ihn einstürmenden Kälte, und von einer Härte, vor der er erschrak. Die Kinnbacken waren wie versteinert, die kaum zu schließenden Lippen legten einen makellosen Streifen breit herausdrängender Zähne frei: als ob dieses

Gesicht sich in schrecklicher Anstrengung gestrafft habe, ohne dabei seine tief eingekerbten Falten zu verlieren. Die kleinen Augen drehten ab aus dem Fenster ... dennoch glaubte er ihr angespanntes Interesse von der Seite her weiter zu spüren ... und blickten kalt durch den Mittelgang des Fahrzeugs nach vorn; noch einmal sah er, wie sich dort, von den wilden Fahrtbewegungen zu Boden geschleudert, menschliche Gestalten wälzten, deren Geschrei vom Fahrer nicht beachtet wurde. Ein Gelächter wollte in ihm aufsteigen, triumphierend, als habe er einen Sieg davongetragen, es wollte ihm fast die Brust sprengen, das boshafte Gelächter seiner Rasse, gewaltsam rannte es gegen den pfeifenden Zugwind an, der längst wie ein Sturm war, der aus einer vergangenen totgeglaubten Zeit herüberwehte ... und das Gelächter galt auch den Stadtlandschaften seiner Vergangenheit, die jetzt, nach langer Finsternis, wieder begannen. Er erkannte sie wieder, und das Gelächter fuhr aus ihm hervor, als sei es sicher, daß er diese künstlichen Landschaften überlebt habe: jetzt zerschellte ihr Lampenschein vor dem dröhnenden Motor des Gefährts, immer dichtere Häufungen von Lichtern, die nun heranzujagen schienen, die ausgerissenen Fahnen ihres grellen Scheins trafen gewitternd seinen Kopf, langgestreckte feuer- und lichtblitzende Industrieanlagen zogen vorüber ... erneut war es, als sei die Luft von den Intervallen eines häßlichen Gelächters durchbraust, das diesmal von vorn in den Bus eindrang, um sich im Heck zu sammeln: es war das wütende Gelächter eines Riesen, der seine Kleider fast aus den Nähten sprengte, es war das Lachen eines vierschrötigen Monuments, einer Arbeiterfigur, wie sie Standbilder zeigten ... es war das Lachen eines Gottes aus schwarzem Stahl, der untätig und anbetungswürdig auf den Dächern der Industrie hockte, während unter ihm ameisenhaft gearbeitet wurde.

Von früh auf hatte sich C. an der Gestalt solcher Idole messen müssen, immer hatte er sich gefangen gefühlt in der Erwartung, die dieser Maßstab auf ihn ausübte, einmal hatte er sich im Begriff gesehen, diese Gefangenschaft loszuwerden ... einmal war er in einen ihm aus dieser Zeit bekannten Bus gestiegen, und er war unter Hohngelächter zurückgeholt worden. Aber warum war er in diesen Bus gestiegen?

Mit einer Hand die Augen schirmend, starrte er angestrengt durch die spiegelnde Scheibe, um eine kurze, von der Fahrtstrecke abzweigende Seitenstraße nicht zu verfehlen: er wußte sie ein knappes Stück vor einer dahinterliegenden Haltestelle, an welcher er auszusteigen sich vorgenommen hatte. Diese Seitenstraße, von einer Allee mit vielen alten Bäumen abgehend, konnte nicht verwechselt werden, sagte er sich; sie führte geradeaus direkt vor den Haupteingang eines großen kirchlichen Friedhofs, hinter dessen Tor der Verkehrslärm der häufig befahrenen, von vielen Kreuzungen unterbrochenen Allee abriß. Instinktiv hatte er sich auf die rechte Seite im hinteren Teil des Busses gesetzt: wenn dieser zu bremsen begann, mußte langsam die Einmündung der Seitenstraße vorübergleiten, nach dem Halt waren es nur ungefähr zwanzig Schritte, die zurückzugehen waren, dann würde, nach etwa fünfzig Metern eines Wegs, auf dem es immer stiller wurde, das schwarze Tor vor ihm sich erheben, mit zwei winzigen kapellenartigen Häuschen links und rechts, für die Ewigkeit beleuchtet von zwei ewigen, auch bei Tag angezündeten Laternen, und wenn ihre Lichter flackerten, spielten die Schatten am Gitterwerk der Pforte ein verwirrendes Spiel, die Schatten, die auf den Hauptweg des Friedhofs fielen. Sehr gut erinnerte er sich an das schmiedeeiserne Rankenwerk, das sich um die Gitterstäbe schlang ... an die hineinragenden Schatten, die im roten Wind der Lichter leicht zu wehen schienen; es waren wohlgestaltete Blätter und Dornen, die sich zu geflammten Stahlrosetten aufschwangen, zu sonnenartigen Blüten, die aus Windungen hervorgingen, welche die gemessen geometrischen Formen von Kreuzen schützend umzirkten. – Auf dem Weg von der Busstation bis zu diesem Tor, so entsann er sich, war ihm einst deutlich geworden, daß er ein Stück seines Lebens verlassen hatte: mit dem untrüglichen Gefühl eines Ausklangs war er auf dieses Tor zugeschritten ... vielleicht würde es sich jetzt wiederherstellen lassen, das Gefühl eines Verlusts, das mit einem Schlag dagewesen war, und danach jenes langsam fließende Empfinden der Befreiung, von dem er damals erreicht worden war auf diesem kurzen Weg über das dichtgesäte Laub, in dem alle Geräusche versanken, langsam ausgehenden Lichtern gleich, im Wald verlöschenden Lichtern gleich, unter den Linden, deren Blätterfall beinahe abgeschlossen war, deren Geäst schon kahl und leer in die beginnende Nacht zu wachsen begann, und sich verlor in den Dünsten über ihm, wo das Gezweig behangen war von Stille, von Atemlosigkeit, in die der Frost sich einschlich, und in lautloser Leichtigkeit, wie in seltsamer Bewegungslosigkeit schreitend, war er bis zu dem Tor gekommen, mit einer tiefen Betäubung im Kopf, in der ihm alles völlig vernebelt war, was er vor mehr als einem Jahr gedacht oder getan hatte, und auch dies eine Jahr war ihm schon gedunkelt, ein regloses Verweilen, so entsann er sich dieses im Dämmer verharrenden Jahrs: und doch war es ihm in Eile verstrichen ... heute endlich sah er sich das Tor erneut durchschreiten, im Ebenbild einer Erscheinung, die ein Jahr, mehr als ein Jahr alt war, sah er sich im Innern des alten ehrwürdigen Parks weitergehen, voller Sicherheit im geschlossenen Gelände dieses ihm wohlbekannten kryptischen Gartens, alles wiederfindend, was er suchte unter den Linden ohne Laub, die gedankenlos ihrer Erstarrung nachhingen, durch deren Leere noch Licht auf ihn fiel, bis er vor die schwärzeren Nadelbäume kam, vor ihre reglosen Male in der grauen Nacht über den eisigen Rasenflächen, die gewaltigen Schatten über den atemlosen Acker werfend ... mit einer Sicherheit, die ohne Gedanken war – ohne Erinnern und ohne die körperschwere Trauer, an die er nicht mehr zurückdachte –, sah er sich durch die schmalen und verschlungenen Gänge zwischen den totenstillen Flächen wandeln, mit dem untrüglichen Empfinden eines Ausklangs, als ob der Ton von federndem Metall nach langem Klingen endlich stehenbleiben wollte ... und er sah sich anhalten vor einer Stelle, die er nicht erst suchen mußte, um einen Augenblick zu verweilen in der Dunkelheit, einen dunkel stehengebliebenen Augenblick der Gegenwart, vor der Grabstelle einer jungen Toten.

Aber der Bus fuhr an dieser Seitenstraße nicht vorbei. Draußen gab es wieder nur ganz unbekannte Gegenden, C. begann erneut zu zweifeln, daß der Bus noch die alte Strecke fuhr, oder ob er nicht längst sogenannten Strukturerneuerungen folgte, von denen C., nachdem er sich seit einem Jahr nur für allerkürzeste Zeiten, nur der notwendigsten Versorgungen wegen, aus der Wohnung zu entfernen pflegte, und niemals sehr weit, seit seinem veränderten Leben also, noch keine Ahnung haben konnte. – Fatalerweise endete die Fahrt damit, daß der Fahrer bei einem Halt in einer besonders schlecht beleuchteten Straße – der Bus war soeben aufbrüllend und schwer durchgerüttelt in eine enge Häuserschlucht eingefahren – nach hinten kam und erklärte, der Motor habe einen Schaden genommen. Er bat die Fahrgäste auszusteigen, um auf den nächsten Wagen der Linie zu warten, der in einer Viertelstunde kommen werde. Niemand jedoch wartete, alles verflüchtigte sich wortlos nach einer Richtung, in der man, vor dem Einbiegen zwischen die Häuser, geradeaus auf eine vor dem dunklen Himmel hängende Lampenkette zugefahren war: es war die Beleuchtung einer Hochbahnbrücke, die weiter unter die gläserne Überdachung eines Bahnhofs führte; dieser war das Ziel der Fahrgäste, ohne zu murren, ja offenbar ohne zu überlegen hatten sie sich vom Bus aus sofort zum Bahnhof in Bewegung gesetzt, als seien sie dergleichen Vorkommnisse gewöhnt.

C. war allein zurückgeblieben, als der leere Bus – befreit aufheulend, wie ihm schien – ratternd und schwankend davongefahren war. Er hörte das Rattern und Krachen noch eine Weile zwischen den hohen Häusern widerhallen, dann umgaben ihn Stille und Finsternis. Er sah sich in einer Straße, in der keine einzige Laterne brannte, in der auch alle Fenster dunkel waren; in der schwachen Nachthelligkeit, die von der Einmündung dieser sich in das scheinbare Nichts verlierenden Schlucht zwischen vier- und fünfstökkigen Häuserzeilen hereinfiel, konnte er noch die schwarzen, träge auf der Luft rollenden Staubschwaden sehen, die sich in Höhe der Parterrewohnungen hielten, bevor sie schwer zurücksanken: plötzlich vermeinte er den allgegenwärtigen Verfall, der in dieser Straße begann, riechen zu können. Offenbar befand er sich in einem völlig unbewohnten Teil der Stadt ... in einem jener Abrißviertel, davon jeder, selbst wenn er noch keinen der aufgegebenen und geplünderten Straßenzüge zu Gesicht bekommen hatte, schon gehört haben mußte; nun glaubte er den dicken Schmutz unter den Füßen zu spüren, zersplittertes Glas und heruntergebrochenen Mörtel, Trümmerreste und die gefrorene Fäulnis von Abfällen; nach wenigen Schritten hinein in diese Einöde machte er kehrt – als müsse er sich unzweifelhaft verirren, könne er von der unheimlichen Gegend nur sofort eingesogen und verschluckt werden, wenn er den Weg fortsetzte – und floh auf die freie Straße hinaus, wo unter dem kalten Grau des Nachthimmels noch ein weniges an Sicht möglich war. Schräg vor ihm fiel freies Feld ab von dem Straßendamm, gleich darauf begannen sich Kleingärten an die Fahrbahn zu reihen, nach einigen hundert Metern schien wieder Leben zu kommen, jedenfalls sah man die äußerlichen Zeichen des Lebens; gegen den Schein der aus dieser Richtung blinkenden Bahnhofslampen hoben sich die dunklen Blöcke einzelner Siedlungshäuser ab: wenn er sich nicht täuschte, waren dort – nah oder fern, er wußte es nicht – die immer kleiner werdenden Silhouetten der letzten Buspassagiere hingewankt, eilig hatten sie sich um die Winkel irgendwelcher Hofeinfriedungen oder hinter Gartenzäunen verloren ... es konnte noch nicht so spät sein, wie C. befürchtet hatte, denn er hörte, als er sich den Häusern näherte, das unverkennbare Rasseln, mit dem die Rolläden eines Geschäfts heruntergelassen wurden. Mit Erleichterung nahm er es wahr wie ein lange vermißtes Merkmal der Zivilisation. Dennoch, dachte er, mußten um diese Zeit die Pforten der Friedhöfe längst geschlossen sein.

Wenn es hell genug wäre, den Brief zu lesen – C. glaubte sich mit einem Tasten nach der Manteltasche vergewissert zu haben, daß er ihn noch bei sich trug –, wäre vielleicht dieses müde und vernebelte Denken vorbei, das dauernd um eine Orientierung an einzelnen Fixpunkten in dieser Gegend ringt, aber immer wieder in die Lichtlosigkeit tappt, trotz aller Mühe nur wieder in altbekannte Verschwommenheiten ... tatsächlich verlor es sich immer wieder im Rauch der

Stadt, den der Himmel zurückwarf, als wolle er jeden auf ihn gerichteten Gedanken ersticken in einer Atmosphäre, die in der Stadt ihren Ursprung hatte ... wo keine wirkliche Orientierung mehr möglich ist, im Irrsinn der sogenannten Stadtplanung, die ein bloßes Hörensagen war aus Zeiten, in denen ich noch in ganz anderer Gestalt steckte, und in ganz anderen Koordinaten von Sinnen ... und wenn der Brief lesbar wäre, dann wäre vielleicht ein heilloser Verdacht gegenstandslos: und ein paar Bilder aus der Erinnerung des Briefschreibers ließen sich vielleicht in Übereinstimmung bringen mit Bildern aus der jetzt herrschenden Zeit ... Bilder vielleicht aus einer Erinnerung an das Leben, und vage Umrisse davon selbst noch im dunklen Rauch dieses Abends wiederzuerkennen, durch alle Auflösung herübergerettete Bilder aus hellerer Zeit: neunzehn Uhr vorbei, das durchdringende Geräusch der Rolläden, das ein hastiges Suchen nach fehlenden Zigaretten hervorrief ... es waren Details aus Tagen, über die ein schwerer Verschluß niedergefallen war ... zwischen den Erinnerungen und dem heutigen Abend war eine schwere Jalousie niedergefallen, hinter ihr waren die Sonnenstrahlen abgeschnitten, die Luft war abgeschnitten worden; hilflose Staubpartikel, die noch draußen in der Luft eines Sommers tanzten, der voller Blumengeruch war ... indessen riß das Dunkel auf dieser Seite nicht mehr ab, und nicht mehr das hilflose Suchen nach Vergleichen in der Lichtlosigkeit. – Aber das Dunkel durfte nicht mehr abreißen, denn es war in dem Licht die Ursache einer Angst ...

einmal mußte mit der Morgensonne die Post auf die Schreibtische in den getäfelten Räumen der Verwaltung kommen, und einmal mußte in dieser Post der Brief enthalten sein, der sich auf jenen Sommer bezog, auf die Zeit danach, vor einem Jahr oder etwas mehr, wenn es möglich gewesen war, den Brief so lange in der Manteltasche versteckt zu halten ... und vielleicht waren in der Vormittagssonne dieses Tages alle Dinge der Welt so entschieden und durchschaubar, daß die Antwort auf den Brief nur die Zwangsjakke sein konnte ... wenn der Brief an seinem richtigen Ort war, hatte er womöglich nicht mehr vierundzwanzig Stunden Zeit, um seine Spuren zu verwischen.

Doch solche Gedanken – sie überfielen ihn nur von Zeit zu Zeit noch mit so deutlichen Worten wie *Zwangsjacke* oder *richtiger Ort* – interessierten ihn eigentlich schon lange nicht mehr: nur gelegentlich noch streifte ihn ihr Durcheinander, kaum einmal nahm er sich Zeit, diese Gedanken zu ordnen; länger als ein Jahr war es her, daß er von ihnen wirklich bedrängt worden war, als habe er sich damals so eingehend mit den Bedrängnissen eines anderen beschäftigt, bis ihm die Dinge selbst aus den Zusammenhängen gefallen waren ... mit diesen Sätzen im Kopf überquerte er die leblose Straße und schlug ebenfalls den Weg in Richtung des Bahnhofs ein. Als er bei dem vor wenigen Minuten geschlossenen Geschäft ankam, war es ihm sofort klar, daß es sich dabei um einen Tabakwarenladen handelte. Er sah durch die Ritzen des hölzernen Rouleaus, daß im Verkaufsraum noch Licht brannte, sofort kam ihm eine früher oft geübte Methode in den Sinn. Er klopfte an das hölzerne Rouleau, legte die Stirn an die Leisten und rief hinein: Hallo ... hören Sie, ich habe mich leider verspätet! Zur Antwort kam von drinnen ein heiserer Kehllaut, der aber zweifellos zu einer weiblichen Stimme gehörte. – Bitte, rief er in den Laden, geben Sie mir doch dreimal Zigaretten ... billige Sorte ... und zweimal Streichhölzer! Das Geld habe ich passend. Wieder ertönte ein Murren zur Antwort, diesmal noch unwilliger, doch er war sich seiner Sache sicher und legte auf den Außensims eines winzigen Fensters – schräg oben über der Eingangstür, so daß es mit den Fingerspitzen gerade noch zu erreichen war – eine Fünfmarkmünze. Es dauerte wenige Minuten, dann wurde die Fensterluke, ein zum Geschäft gehörendes Toilettenfenster, einen Spalt geöffnet, die über den Rand ragende Münze wurde genommen, ohne daß er jemanden sah, und das Gewünschte flog herab auf das Trottoir. Er dankte mit lauter Stimme, steckte die Rauchwaren in den Mantel und ging weiter. – Es funktioniert also noch, dachte er mit unbestimmter Erleichterung. Wie immer, wie damals, es funktioniert immer noch in der alten Weise weiter. Die Übereinkünfte sind noch intakt ... vielleicht sind sie ein bißchen angeschlagen, doch greifen sie noch ineinander, wenn auch etwas schleifend, wenn auch etwas knirschend und mit immer weniger Sinn ...; unter solchen Gedanken hatte er den Weg zum Bahnhof eingeschlagen, den der kleine Trupp der Buspassagiere schon vor ihm genommen hatte.

Nun glaubte er auch zu wissen, wie er auf den zweiten Eingang des Friedhofs treffen konnte, der sein Ziel war: er mußte bis zu dem Stadtbahnhof weiter, den er schon sehen konnte, dann mußte er den davorliegenden Platz überqueren, nach einer großen Straßenkreuzung mußte er in eine Seitenstraße gehen ... er wurde den Verdacht nicht los, daß er sich erneut geirrt hatte. Schon der Weg bis zum Bahnhofsvorplatz erwies sich als viel länger, die Lichter, die er gesehen hatte, stellten sich als Lampen heraus, die irgendwelche Hinweisschilder notdürftig anstrahlten ... und dieser Platz, den er als eine völlig glattgeschorene Grasfläche erinnerte, von der Straßenkreuzung unterteilt in vier beinahe gleich große Segmente, die alle von granitbepflasterten Bürgersteigen umgeben waren, dieser Platz war vollkommen verändert. Die Anlage war mit einem dichten Wald von Gebüschen ganz und gar überwachsen, und die Sicht auf den Bahnhof war verdeckt; wo die Straße, auf welcher er ankam, unter die Eisenbahnbrücke führte, waren unübersehbare Schilder aufgestellt, deren Beschriftungen jedoch nicht zu lesen waren, da ihre Beleuchtung über sie hinwegstrahlte und nur ein giftiges Blenden erzeugte: dennoch erkannte er, daß die Tunneldurchfahrt abgesperrt war, ihr Eingang war von einer gewaltigen Bretterwand verschlossen, die bis unter die Wölbung des Brückenbogens reichte. Angesichts dieser Sperrwand auf der einen und der hohen Gebüsche auf der anderen Seite blieb eigentlich nur die Möglichkeit, in den Bahnhof hineinzugehen, so schien es ... oder aber all seine Wege wieder zurück: um erneut in das unbewohnte, verfallende Stadtgebiet zu geraten, in dem er den Bus hatte verlassen müssen. Er hatte sich, dieser Gedanke erschien ihm nicht abwegig, also auf eine Grenze zu bewegt, eine ihm unbekannte Grenze, hinter der ein völlig fremdes Land war, oder eine jener Ländereien, die die Verwaltung im Innern des Gesamtlandes immer häufiger für sich reservierte. Schon geraume Zeit hatte er sich des Eindrucks nicht erwehren können, in einem Niemandsland zu sein, längst schon in einer toten Zone vor einer Grenze, nach der nichts mehr kam ... allein der Zigarettenkauf war aus diesem Eindruck herausgefallen. Die Zigaretten, sie allein erinnerten ihn noch an das Leben ... aber das Leben, es erinnerte ihn gleichzeitig an eine alte Angst, und erneut glaubte er den Brief zu ertasten, als er in der Tasche nach Zigaretten suchte: vielleicht steckte der Brief seit mehr als einem Jahr in dieser Manteltasche ... zwischen den Gebüschen hatte er sich bis zu der Kreuzung durchgeschlagen, wußte aber im nächsten Moment nicht mehr, ob er sich nach rechts wenden müsse; er versuchte es auf der rechten Seite und geriet wirklich, nach ermüdendem Gehen entlang der übermannshohen Hecken, zwischen Gebäudeansammlungen, aus dem Schatten der Hecken kam er plötzlich mitten in ein Gewirr von Straßen und Gassen, deren schäbige Trauer ihm in der etwas helleren Dunkelheit bekannt erschien. Er begann nach Hauseingängen zu suchen, nach einer bestimmten Tür zu einem bestimmten Hausflur ... als ob er sich in diesem Hausflur auf einmal hätte selbst gegenübertreten können, als ob er sich darin hätte erkennen und stellen können, festhalten und nicht wieder aus den Augen lassen, so sehr er diesen Augenblick auch fürchten mußte ... nach kurzer Zeit bezweifelte er wieder, daß er eine Straße auffinden könne, die er der Einfachheit halber stets die Friedhofsstraße genannt hatte.

– Also bin ich fehlgegangen, dachte er immer wieder, fehl in der Annahme, daß die Zeit nicht auch die Bilder der Wirklichkeit von denen der Erinnerung trennt. Es ist, als ob man beim Überschreiten der Zeit ... beim Durchqueren der Zeit immer hofft, irgendwann seinen Ballast von Angst zu verlieren, unbemerkt zu verlieren, als ob man die Finsternis hinter sich auszulöschen sucht, sie in der Erinnerung begraben will, dabei aber nicht bemerkt, wie man im Kreis geht und immer wieder auf die begrabene Angst zurückkommt ... schon diese Sätze, die er in Gedanken vor sich hinsprach, kamen ihm falsch vor, und so deplaziert, als gehörten sie viel richtiger in den Kopf desjenigen, auf den er in einem der Hausflure hier in der Nähe treffen konnte. – Allein meine Rechnung mit der Uhrzeit schien zu stimmen, zufällig – die Bahnhofsuhr hatte soeben auf zwanzig nach sieben gezeigt –, doch ich hatte nicht beachtet, daß es für mich eine stehengebliebene Zeit gibt, nämlich diese hier ... während die andere inzwischen rastlos am Werk war, die andere Zeit, die Lücken aufgesprengt und andere Lücken zugeschüttet hat, und die Wege, die ich einmal gegangen bin, mit neuen Kulissen verstellt, die alle Konstellationen längst verschoben hat ... Plätze, die ich einmal, als ich hier lebte, sicher wie ein Schlafwandler abschritt, reißen nun nach ganz unerwarteten

Seiten auf, das überempfindliche Bewußtsein ahnt Abgründe, vergessene Finsternis gähnt mir entgegen ... wieder muß ich umkehren, wieder bis vor versperrte Ausgänge, hellwach, aber in diesem Wachsein wie ein Geblendeter stolpernd, geblendet von vergessener begrabener Finsternis stürze ich über Unebenheiten, als habe sich diese sorgsam geplante, einst so menschlich aufgebaute Stadt in eine Wildnis für animalisch kriechende Wesen verwandelt, wieder muß ich umkehren ... oder in ein Zwischenreich verwandelt, wo das Aufrechtgehen zunehmend zu einer ganz unpraktischen Bewegungsform wird, ein Zwischenreich, das einem Irrgarten gleicht, aus dem jeder Ausweg ein Ausweg aus der Daseinsweise des Lebens wird, ohne andere Ausgänge, ohne Eingang, als wäre allein die fortlaufende Zeit ... dreißig nach sieben ... die Initiative dieses Zwischenreichs, und die Verwaltung dieser Initiative der einzige Sinn dieses Irrgartens, und der Begriff der Zeit die einzige Antwort der Verwaltung auf alle inneren Fragen, während die Verwaltung selbst sich für zeitlos hält ... und dieser Vorstellung der Verwaltung von sich selbst bin ich zum Opfer gefallen, weil ich ihrer Antwort ... vierzig nach sieben, fünfundvierzig nach sieben ... zum Opfer zu fallen vermeiden wollte ... ich muß wieder umkehren, und es ist, als ob ich für diese Wege schon ein Jahr, schon mehr als ein Jahr gebraucht habe: hier, eigentlich genau hier in dieser schwach erleuchteten Nebenstraße muß es das berühmte Zigarettengeschäft gegeben haben, in dem die alten Übereinkünfte noch funktionierten, auch zwanzig nach sieben noch ...

wenn ich manchmal Überfluß an Geld hatte – was leicht vorkam, als ich noch verwaltete Arbeitskraft in der Industrie war –, ging ich in diesen Laden und kaufte ein Päckchen *Camel*, die kurzen Camel, die ohne Filter, die es nur hier noch gab, man verkaufte sie mir mit vertraulicher Miene, als wären es Zigaretten für Eingeweihte, aus alten unerschöpflichen Lagerbeständen. Dann ging ich weiter, an einem Fischgeschäft vorbei, wo ich auch etwas kaufte, die unangezündete Zigarette schon im Mund, und in eine kleine Gaststätte, in der ich als einziger *Camel ohne Filter* rauchte, und damit sah ich aus wie ein Intellektueller ... was für eine sentimentale Epoche, ich war am Leben, unter Lebenden war ich, wenn auch in unguter Funktion. Das Zigarettengeschäft ist nicht mehr da, das alte abgeblätterte Haus erweist sich nun als eine Lumpenhandlung; ein Konglomerat aus Spinngeweb und Gardine verdeckt die Einsicht hinter dem rostigen Fenstergitter, das Fensterbrett steht voll von ungeheuer staubigen Flaschen und Gläsern, die aufgereiht sind, um die verschiedenen Rückgabepreise auszuweisen; es sind Preise, die vor Jahren einmal aktuell waren.

– Ich hätte eigentlich, daran dachte ich vorhin, einen Fluß überschreiten müssen, um in dieses Viertel zu gelangen. Einen sehr bekannten, fast fünfzig Meter breiten Fluß, der hier, an seiner breitesten Stelle, den Charakter des Stadtteils unverwechselbar prägt ... ich habe ihn aber nicht überschritten, das leichte Beben der langen Spannbetonbrücke – ich glaubte mich zu erinnern, daß sie ihre feine Schwingung selbst dem Fuß eines einzelnen mitgeteilt hatte – wäre mir unbedingt aufgefallen, ich habe sie niemals betreten ... und hätte ich wirklich über den Fluß gehen müssen, um in dieses Viertel zu gelangen ... oder hatte ich nur all diese Schemen gesehen, die mir von drüben entgegenschwankten, jene verworrenen und gesichtslosen Figuren, die ich zu vermeiden suchte; gespenstergleich und aus den zermürbten Gesichtern grinsend, so kamen sie aus dem Stadtkern zurück. War nicht auch dieser Fluß eine Grenze, einer von vielen Kreisen rund um irgendein essentielles Zentrum, war er nicht vielleicht der letzte Kreis ... womöglich war es allein dem Brief in meiner Tasche vorbehalten, hinüberzukommen, dorthin, wo alles Dasein zur Funktion geronnen war?

– In welchem Zustand waren diese Leute, die mir von da drüben entgegenkamen, frage ich mich. Waren sie noch am Leben ... oder nicht mehr, hatten sie schon eine andere Funktion übernommen? Was war die Funktion dieser Begegnungen mit mir, was war die Funktion all dieser Schatten, die mich anhielten und auf mich einzureden suchten, heute oder gestern, seit Wochen, seit vielen Wochen ... die mich aufhielten, deren seltsame Trägheit sich nahtlos einfügte in die zermürbende Verlangsamung allen Lebens, die ich zu erkennen glaubte. Die der Grund für meine Eile war, zu der ich mich andauernd trieb ... immer häufiger, ständig redete ich mir ein, ich sei im Verzug mit meinen Dingen, die getan werden mußten: bevor es zu spät sei, bevor sie verfielen, wie ich ringsum alles verfallen sah, und gerade, weil es zu bloßer Funktion entwürdigt sei. Aber es gab nichts Dringendes für mich seit einem Jahr, seit über einem Jahr, es gab nur vorgeschoben Dringliches für mich, Kulissen von Pflicht, hinter denen sich Säumnis häufte wie Sand, oder wie Schnee ... wie jener Schnee, der ein einziges Mal gefallen war in diesem Herbst, vor zwei oder drei Tagen, ein einziges Mal in diesen ein bis zwei Jahren, vor drei Tagen war er dünn wie ein vorzeitiges Ergrauen gegen die ostwärts gewandten Wände der Stadt angeflogen, jedesmal am Mittag hatte eine flache Sonne den Flaum vom Vorabend wieder vernichtet, danach war es sehr kalt geworden ... und doch hatte der Schnee ausgereicht für eine Erinnerung.

Der Schnee hatte ihn an das Zentrum erinnert ... er wußte nicht, was es war, das Zentrum, aber er müsse dorthin, sagte er, mit dem Brief in seiner Tasche, um dort mit dem Finger auf sich zu zeigen, wenn er sich erkannte ... das Zentrum war das Gefängnis, und alle Funktionen dort waren eindeutig, sagte er. Doch die Tage blieben voll von verwaschenen, zusammenhangslosen Nichtigkeiten, Ablenkungen, voll von immer wieder verwendetem Gerümpel; immer wieder, wenn er abends in die Straßen gegangen war – um zumindest noch für die Ernährung zu sorgen, sagte er –, war in seinem Hinterkopf das Verlangen, sich zu überlisten. Wenn er durch die in seinem Viertel eher kleinstädtischen Geschäftsstraßen wanderte und tatenlos wahrnahm, wie zwischen sechs und sieben die Rolläden und Fenstergitter fielen, wenn die langsame Dunkelheit über die Dächer kam, dachte er daran, mit dem Bus in die Gegend zu fahren, wo er früher gewohnt hatte, um dort in einer der kleinen Kneipen etwas zu essen, um sich dort, wo er sich auskannte, eine Stunde lang zu besinnen: wo er war, was er eigentlich wolle ... irgendwann, wenn er so weiter ging und ging, würde er sich unversehens vor einem Haltestellenschild des Stadtverkehrs wiederfinden, die Nummern der Busse waren noch in seinem Gedächtnis verwahrt, und er würde gar nicht umhinkönnen einzusteigen. Nein, er durfte nicht gehen, er mußte mit dem Bus fahren oder mit der Bahn, wenn er ging, wurde er immer wieder von Bedeutungslosigkeiten aufgehalten, banale Geringfügigkeiten schnitten ihn ab von jedem Vorhaben, von jedem Gedanken, nur zu schnell ließ er sich immer wieder in Anspruch nehmen von der Zähigkeit dieser Begegnungen, die ihm beklemmend charakteristisch erschienen für das Dasein, das ihn umgab.

Dennoch glaubte er oft genug, diese Dinge nicht übergehen zu dürfen, diese charakteristischen Begegnungen, auch wenn sie sich – unmittelbar vor ihm – gleichsam in einer anderen Lufthülle abspielten, so daß niemals genau zu erkennen war, welchen Sinn sie hatten. Oder gerade deshalb ... gerade deshalb mußte er sie ergründen, es waren nicht Begegnungen mit ihm, es war das Aufeinandertreffen von Schatten, es waren Schatten, die, ein winziges Stück vor ihm, seinen eigenen Schatten kreuzten, ein paar Augenblicke anhielten und in eine schattenhafte Auseinandersetzung verwickelt schienen ... aber nicht mit ihm selbst, sondern nur mit irgendeiner Ausdünstung, mit einem merkwürdigen Extrakt von ihm ... und diese Treffen hatten etwas von Vorbedeutungen, wenn auch von vornherein sicher schien, daß sie auf nichts hinwiesen, was zu erwarten war ... oder es waren Funktionen, allein noch zur Bestätigung ihrer eigenen Existenz intakt. Es waren wirkungslose und nicht mehr zu begründende Funktionen, die in der Art altüberkommener, sinnentleerter Etikette weiterhin in Gebrauch waren; sie waren schon an den Sprachfloskeln zu erkennen, mit denen sie sich ankündigten: auch diese waren ohne jede Notwendigkeit, niemand mehr wußte, aus welchem Anlaß sie in Gebrauch geraten waren, doch bestanden sie mangels wahrer Alternativen weiter fort ... und schließlich existierten sie längst abgetrennt von den Handlungen, deren Wirkung sie einst hatten begleiten sollen. Lange schon war ihm das Leben, das ihm an solchen Abenden über den Weg lief, schwer verkrüppelt erschienen, nun aber glaubte er sich sagen zu müssen, daß die Akteure dieser Begegnungen allesamt schon als Tote durch den Tag geirrt waren: und am Abend versuchten sie ihn an sich zu reißen, als sei in ihm noch ein schwacher Schimmer von Lebendigkeit. Am Abend plötzlich ahnten sie selbst etwas von ihrer Verfassung: sie traten dicht an ihn heran, fast bis auf das Risiko der Körperberührung zur Nähe entschlossen, und C. bemerkte – wenn noch das diffuse Licht zwischen Nachmittag und Abend herrschte –, daß ihre Gesichter jede Kontur verloren hatten, ja, sie waren schon aller Sinnesorgane ledig, es waren entstofflichte, breiige und bleiche Flecken, in ovaler

Form, die von dunkleren, aber ebenso blutlosen Schattenrissen durch den erloschenen Tag getragen wurden. Noch vorgestern waren sie ihm wie Larven erschienen, die vom aschhellen Flaum der Schneeflokken besetzt waren, darunter hatte der Verschleiß ihrer Züge versteckt gelegen ... heute war er hervorgetreten, der Ausdruck des Verfalls in diesem Antlitz, das in einem ungewissen Punkt einheitlich war: stets gemahnte es an ein hohes Alter ... selbst wenn sie noch jung waren, noch jugendlich, es war eine uralte Jugend in den Gesichtsovalen, die auf einem Vergessen beruhte; sie hatten vergessen, der Natur ihre Zeit zu opfern, sagte sich C., und deshalb waren sie zu diesem Ebenmaß verschliffen, das völlig gesichtslos war. Es waren Gesichter, geprägt durch das dauernde Atmen des gleichen Sauerstoffs, entfärbt durch den dauernden Andrang des gleichen Lichts, durch ein dauernd gleiches Denken, durch laufend wiederholtes Voransprechen derselben Formeln geebnet; die meisten von ihnen hatten seit beinahe vierzig Jahren den gleichen Staub ertragen, den gleichen Rauch, sie waren durch immer ähnlich gemäßigte Temperaturen gegangen, sie hatten durch ein fast vierzigjähriges Identitätstraining jeden schärferen Knick in ihren Seelen ausgebügelt, durch Einübung des immer Gleichen hatten sie verlernt, andere Empfindungen zu spiegeln als jene, die im engen Raum ihrer Ich-Hüllen die unanfechtbarsten waren; ihr Ärger war der übliche, ihre Freuden die geläufigen, in vierzigjährigem Schleifprozeß, bestehend aus dem Kreislauf materieller und immaterieller Zeiterscheinungen, waren sie zu ganz einheitlichen Funktionären für die Annahme und Abstoßung des unabänderlichen Daseins geworden. Tatsächlich, alle waren sie Funktionäre, ihre Funktion bestand in der Bevölkerung, im Auffüllen des Innenraums eines abgegrenzten Territoriums, ihre Funktion war es, Masse zu sein, ausreichend voluminös, um einer Verwaltung für Innere Fragen die Existenz zu garantieren. Und da sie dies taten, beantworteten sie die Hauptfrage dieser Verwaltung auf das positivste: sie waren das Material der Verwaltung, sie waren der Verwaltung das Konstruktionsprinzip der Denkformen und die Auflösung der Denkformen zugleich. Niemand jenseits dieser ihrer Grenzen wisse, dachte C., was mit diesem zu Brei geschälten Antlitz auf ihn zukomme. Denn sie standen zur Disposition! So waren alle Wege, die sie gingen, wie Mittellinien zwischen Leben und Tod ... ihr Wert dabei war unwandelbar, er wuchs nicht und er verlor sich nicht, sie alle behielten ihren Wert selbst als Tote bei.

Kaum einmal hätte er deutlich zu entscheiden vermocht, in welchem augenblicklichen Zustand sie bei ihm anhielten, wenn er einer Begegnung mit ihnen nicht mehr ausweichen konnte. Sie selbst hatten ihren Zustand vergessen, es war, als ob sie sich Aufklärung darüber von C. erhofften, nur fragten sie ihn niemals direkt ... und niemals auch sagten sie unverstellt, was sie über C. dachten. Sie fragten nach seltsam entlegenen Dingen, schienen ihn zu verwechseln und weihten ihn unversehens in Zusammenhänge ein, von denen er nichts begriff; erst nach Tagen glaubte er einen Hintersinn zu bemerken, erst später, wenn er sich nur halb noch erinnerte, sann er nach über sonderbare Verschlüsselungen in ihren Reden ... und hielt die Fragen eigentlich für Antworten, aber vielleicht hatte er schon zu lange die eigenen Grübeleien darüber gemischt, und nur zufällig berührte ein Punkt davon die eine oder andere ihrer vergessenen Fragen; oder er hatte sie von vornherein falsch verstanden, hatte sich den völlig falschen Reim gemacht auf das undeutliche Raunen, das ihm schnell und verstohlen ins Ohr geschmuggelt worden war, während sich ihre Hände in seinen Mantelstoff gekrallt hatten, in dem Versuch, sich noch dichter, noch aufsässiger an seine Brust zu drängen, mit der zitternden und naßkalten Vorderseite: verschlissene alte Vetteln, uralt und irrsinnig, mit rotbemalten langen Fingernägeln; junge Frauen, die schon seit Jahren verwelkt und völlig verrückt waren, ohne Busen, nichts, wenn er mit den Fingern über ihre unteren Bäuche fühlte, spürte er nichts, keinen Widerstand, nicht den geringsten Vorsprung, keine Erhebung, keinen Haken, der sich unter dem schlüpfrigen Tuch verbarg, und seine Hand rutschte haltlos ins Leere. Nichts, und ihre Zähne grinsten ihn an, alt gewordene Jungfrauen mit männlichen Oberkörpern, die in ihren Kinderwagen totenstille unbewegliche Kinder vor sich herschoben, oder Holzscheite anstelle von Kindern in den Kissen, oder dicke, mit unsauberem Fusel gefüllte Flaschen unter dem Deckzeug; oder Männer, die ihn anhielten, die flüsternd und heiser aus den schwammigen Gesichtern schrien, ebenfalls verwelkt, alt, mehr als alt – vierzig vielleicht, dachte C. –, und sahen dennoch jugendlich aus, sie schoben ihm fast die defekten Fahrräder in die Beine, oder die Kinderwagen, und sie warfen, vertrauensselige Tränen in den naßschimmernden Visagen, die abgespreizten Daumen über die Schulter, auf den Fluß deutend, auf den trägen Fluß, der ihnen offenbar im Rücken lag und lautlos unter den gemauerten Ufern dahinzog. – Entrümpelung! riefen sie. Entrümpelung in der Südstadt! Da über die Brücke gehts, über die Brücke. Vergessen Sie nicht, die Flaschen dort abzuholen, Ihre Werkzeuge, Ihre Blumen, Ihre Papiere ... – Welche Papiere, welche Papiere? fragte C. ungeduldig zurück. – Welche Papiere ... Ihre ... Ihre! riefen sie mit tonlosen nuschelnden Stimmen. C. wußte natürlich nicht, *welche* oder *wessen* Papiere gemeint waren, später glaubte er *welke* Papiere, *welke* Papiere verstanden zu haben – und er wußte nicht, ob überhaupt er, C., gemeint war –, mit nervöser Hand vergewisserte er sich, daß sie ihm nicht den Brief aus der Tasche gezogen hatten. Wieder waren welche an ihn herangetreten, und er begriff die krausen Worte noch weniger, die von ihnen abblätterten. – Gib uns dein Aqua! zischten sie. Komm. Los, laß ihn laufen ... uns in die Hand, deinen Sprit! – Nein, sagte sich C., es konnte einfach nicht sein, daß sie ihn alle kannten. – Wir haben genug! riefen sie und lüfteten schnell die Decken ihrer Kinderwagen, ehe sie hastig weiterzogen; in dem flachen Schneegestöber sah C. undeutliches Zeug, das er nicht identifizieren konnte, doch sagte er sich gleich darauf, daß er *Teile* gesehen habe, Teile von etwas, nichts Vollständiges ... und später schüttelte er den Kopf über den gräßlichen

Einfall, daß in einem Kinderwagen die Teile zersägter Leichen versteckt gewesen seien, abgeschnittene Schenkel, Hände ... schaudernd blieb er in der Nähe einiger dieser Schatten stehen – sie gehörten zu denen, die, in Gruppen, in Scharen gar, über die Flußbrücke zurückkamen – und versuchte ihren Gesprächen zu lauschen, wenn sie für Augenblicke zusammenstanden, bevor sie weiter wallten. Er hörte, wie sie unter verhaltenem Gekicher sprachen, sie taten so, als bemerkten sie ihn nicht, dann aber spürte er ihre heimlichen Blicke auf sich, die voll von abschätziger Gier waren ... er fragte sich, ob er nicht schon viel zu lange bei ihnen gestanden habe, denn es war nichts als ein merkwürdig belangloser *small talk*, mit dem sie sich stundenlang aufhielten.

Und C. überlegte, ob nicht genügend Fragen in dieser Stadt wären, über die eine Diskussion wirklich unumgänglich sei. War es nicht höchste Zeit, darüber zu sprechen, daß die Verwaltung die in ihrem Verwaltungsbereich Lebenden ausschließlich funktionalistisch betrachtete. Darüber, daß die Verwaltung ganze Bevölkerungsteile ins Ausland verkaufte ... in die reichen Länder und für harte Devisen, versteht sich, so daß schon ganze Stadtgebiete leer waren und weitere sich zu leeren begannen. Tagtäglich konnte man sehen, wie die Leute, einer nach dem anderen, verschwanden; jahrzehntelang waren sie von der Verwaltung unter Verschluß gehalten worden, man hatte geduldig abgewartet, bis ihr Wert wieder zu steigen begann, wie der alten, aus der Mode gekommenen Hausrats; nun offenbar war die Zeit heran, da sich mit ihnen ein ziemlich ausgezeichneter Schnitt machen ließ. Nun leerten sich plötzlich die Wohnungen, von heute auf morgen konnte es geschehen, daß man allein in einem Haus voller unbewohnter Räume saß, und am Abend fielen die marodierenden Nachbarn ein, um die leeren Pfandflaschen fortzuschaffen. Die Möbel ließ man stehen, weil sie sich, in dieser Zeit des Überflusses an vakantem Mobiliar, schwer absetzen ließen. Wenn C., was immer öfter der Fall war, gut eingestimmt war auf den Wahnsinn, der rings um ihn stattfand, neigte auch er zu der Idee, sich endlich einsperren zu lassen, sich zermürben und sodann, für das übliche Lösegeld, deportieren zu lassen. Allerdings hatte er bisher die Anstrengung gescheut, die nötig war, einen Käufer für sich zu finden, oder eine Institution, die für ihn zu zahlen bereit war; außerdem wußte er, daß der Versuch einer Kontaktaufnahme zu diesem Zweck sehr gefährlich war: dies konnte von der Verwaltung geradezu als ein Akt von Sabotage gewertet werden, weil man damit eine geheimnisvolle Finanzpolitik unterlief. Es sollte indessen seit einiger Zeit – man konnte es aus Kreisen hören, die sich informiert glaubten – nicht mehr ganz einfach sein, verkauft zu werden, die Schwierigkeit dabei war eine zweischneidige: gesucht waren im Ausland rar gewordene, möglichst intakte Personen, für die jedoch – da sie die Verwaltung nur mit einem weinenden Auge ziehen ließ – ungeheure Summen aufgewendet werden mußten, und diese Summen wurden, wie es hieß, immer höher. Weniger intakte Personen, stark zermürbte, also fast untüchtige Personen, geistesgestörte oder demoralisierte Exemplare kosteten dagegen viel weniger, bei Abnahme höherer Stückzahlen, oder bei regelmäßiger Abnahme, im Abonnement sozusagen, gab es deutliche Preisnachlässe, doch wurde es, was leicht einzusehen ist, für die Käufer immer schwieriger, zwischen einem Minimum des geforderten Gebrauchswerts der Ware und dem möglichst niedrig zu veranschlagenden Taxpreis der Ware die richtige Mitte zu finden. Sehr schnell hatte die Verwaltung bemerkt, daß die seit längerer Zeit inhaftierten Personen nur noch für geringste Summen loszuschlagen waren, daß aber auch für die kürzer Inhaftierten nur sehr bedingt große Beträge ausgehandelt werden konnten: es war vorgekommen, daß die Verwaltung versucht hatte, Kurzinhaftierte in schnellem Tempo zu zermürben, um mit diesen Exemplaren auf das Qualitätslimit zu drücken, es war sogar geschehen, daß Langinhaftierte mit falschen Pässen, mit der Identität von Kurzinhaftierten ausgestattet worden waren: diese Manöver wurden sehr schnell ruchbar, da einige der Ausgelieferten nicht dichthielten und die Tricks aufdeckten ... ohne Rücksicht darauf, daß sie auf diese Weise den gesamten Konsens gefährdeten und, wenn sie mit der ganzen Sippe fort wollten, ihre auf den Verkauf wartenden Verwandten in eine verzweifelte Lage brachten ... und unter Käufergruppen natürlich ein wachsendes Mißtrauen der Agentur der Verwaltung gegenüber erzeugten.

Man hätte also genug damit zu tun gehabt, über ein so unsolidarisches Verhalten zu sprechen in der

Stadt, statt dessen pflegte man die billigen Redensarten. Freilich war bei solchen Zuständen jeder sich selbst der Nächste, dennoch wurden bessere Möglichkeiten verspielt, weil man sich über Ursachen und Wirkungen nicht besser austauschte. Immer häufiger gab es zum Beispiel Konfusionen innerhalb der notwendigen Vorgeschichten der Verkäufe, zu denen die Inhaftierungen zählten. Keineswegs durfte etwa in diesem heiklen Vorfeld der Begriff *Menschenhandel* fallen, wenn die Verhandlungen ihren ruhigen Verlauf nehmen sollten. Diesen Begriff hatte sich die Verwaltung vorbehalten, wenn sie sich propagandistisch über illegale Transaktionen – solche also, die unter Umgehung ihres Einflusses, und demnach ohne Zahlungen an die Agentur der Verwaltung, getätigt wurden, was trotz aller Absicherung, trotz aller Überwachung hin und wieder vorkam – ereiferte, wozu ihr die geballte Macht der Massenmedien zur Verfügung stand. Um die Höhe der Preise bestimmen zu können, mußte sich die Verwaltung natürlich so verhalten, als gäbe es auf diesem Gebiet gar nichts anderes als nur illegale Transaktionen, diese mußten verhindert werden, damit sie das Preisniveau nicht unterliefen, – und dies wußten freilich auch alle, deren Verkauf in Aussicht stand: wenn sie billiger werden wollten, und damit schneller verkäuflich, war es selbstverständlich, daß sie mit dem gleichen Begriff – *Menschenhandel* – gegen die Verwaltung im Rahmen ihrer Möglichkeiten zu agieren versuchten. Aber das war immerhin riskant, nicht in jedem Fall zog eine schnelle Inhaftierung den schnellen Verkauf des Betreffenden nach sich. Der Vorwurf des Menschenhandels, gemünzt auf die Verwaltung, hatte mit Sicherheit die Inhaftierung zur Folge, vielfach aber rächte sich die Verwaltung an diesen Personen, ihre Auslieferung wurde auf die lange Bank geschoben oder sie unterblieb sogar. Daher kam der genannte Vorwurf in den allermeisten Fällen von denjenigen, die schon deportiert waren und damit in Sicherheit ... man ahnte, daß es diesen Leuten um ihnen überhöht erscheinende Ablösesummen ging, die für sie aufgebracht worden waren, und deren Rückzahlung an die Aufkäufer sie zu vermeiden trachteten. Niemand wußte, ob solches dem einen oder anderen je geglückt war, hier waren nur die unmittelbaren Folgen dieses Verhaltens sichtbar: unmäßig lange Haftzeiten für die, über deren Preis man sich noch nicht einig war, stagnierende Verhandlungen, unnötige Härte der Verwaltung, die zu zeigen hatte, daß sie nicht erpreßbar war ... oder aber sie schien endlos viel Zeit zu benötigen, um sich der künftigen Loyalität derjenigen zu versichern, die man auszuliefern gedachte.

All dies war selbstverständlich ein offenes Geheimnis und längst in die Berechnung derer eingegangen, die sich inhaftieren und nach gebührender Haftzeit verkaufen lassen wollten. Man mußte aussehen wie allerbilligste Ware, wenn man möglichst schnell, zu einem Schleuderpreis sozusagen, außer Landes kommen wollte; dort aber mußte man, auf unkomplizierte Weise, die zermürbte äußere Hülle wieder loswerden und als intakte oder hinlänglich intakte Person weiter existieren können.

– Niemand, dachte C., beschäftigt sich in dieser Stadt mit diesem Problem. Niemand scheint über dieses Thema zu reden, es ist mir jedenfalls noch nie gelungen, auch nur eine Silbe darüber aufzuschnappen. Sooft ich auch hinhöre, so häufig ich sie direkt zu belauschen versuche. Aber ich begreife natürlich, daß es sich bei diesen Dingen um zutiefst *Innere Fragen* handelt, die in einem Gespräch auf der Straße nichts zu suchen haben. Und deren Erörterung auf offener Straße eine große Gefahr darstellt. Die öffentliche Rede über dieses Thema bedeutet, sich der Gefahr einer Inhaftierung auszusetzen ... und in der Folge davon der Gefahr eines Verkaufs an Interessenten aus den reichen Ländern. Eine völlig absurde Situation!

– Was für eine vollkommen absurde Situation! Nie zuvor haben wir gewußt, was Absurdität wirklich zu bedeuten hat. Nun haben wir sie ... und alles davor, alle bisherigen Entwürfe von Absurdität waren kleinlich, unbedarft, sie waren schwach auf der Brust, sie blieben im Vorschulalter stecken. Nun aber haben wir den unumstößlichen Beweis für ihre Durchführbarkeit, nun haben wir ihre Praxis aus der Taufe gehoben. Nennt mir ein besseres Beispiel!

Bei diesen Worten war C. immer schneller gegangen, fast fühlte er sich beflügelt, ganz von selbst hatte sich die Frequenz seiner Schritte verdoppelt. Er strebte, scheinbar ohne den Einsatz seines Willens, auf die Flußbrücke zu, die vor ihm lag, deren halbdunkle Lichter er in dem feinen Niederschlag schwanken sah. – Das, sagte er, ist das Zentrum, die

Absurdität ist das Zentrum, die Absurdität ist die essentielle Mitte, nur wenige Kreise noch trennen mich von ihr. Aber es kamen ihm, aus dem Gewoge brauner Nebel hervor, immer mehr Gestalten entgegen, zahlreiche Gruppen von Leuten, denen er ausweichen wollte, in der Befürchtung, unverhofft angesprochen zu werden; so wurde er immer weiter vom Zugang zur Brücke abgetrieben. – Wie kann man das Schweigen über diese Dinge, das wirklich *eingefleischte* Schweigen über diese allseits bekannten Dinge, hier in der Stadt und wahrscheinlich im ganzen Land, wie kann man es deuten? Man kann es nicht nur mit der notwendigen *Rücksicht* begründen, mit der Ausrede, es handle sich hier um einen Konsens, der geheim und unspektakulär bleiben muß, wenn seine Vereinbarungen weiter funktionieren sollen. Damit trifft man womöglich zu kurz ... offenbar trifft man eine solche Absurdität nicht mit derart rücksichtsvollen Benennungen. Man kann sie nur erkennen, und hinnehmen, daß sie bestimmte Muster erfüllt, bestimmte Muster bis auf den Grund erfüllt, dachte C., den Schritt noch einmal verhaltend. Denn sie ist in ihrem eigentlichen Grund ein reiner Humanismus! Damit verstummte er für einige Augenblicke.

– Und das Schweigen darüber ist Kapitulation ... fuhr er fort. Und zwar, als ob Humanismus nur immer ein einziges Ergebnis haben könne: Kapitulation! Auch der Bruch des Schweigens, dies andere der möglichen Resultate, wäre die Kapitulation: es brächte die Abläufe des Humanismus sofort mit allen erdenklichen Konsequenzen in Bewegung, wieder bis in um so umfassenderes Schweigen. Und immer so, als ob das Schweigen diktiert wäre von irgendeinem Monstrum, das dazwischenliegt und den Platz besetzt hält. Wahrlich, es liegt etwas dazwischen, es liegt am Boden herum zwischen dieser Geschäftsbeziehung von Niederlagen, die besiegelt ist, wenn sich die Gewinnler zum Handschlag entschließen. Die Gegner, die Unterzeichneten, wenn sie schnell und peinlich berührt die feuchtheißen Hände ineinandergelegt hatten, war alles abgemacht und alles erledigt ohne den Leichnam, der zwischen ihnen vergessen war; die Namenslisten waren unterschrieben und die Wechsel für den Geld-Transfer waren ausgefüllt, die Bedingungen zum beiderseitigen Vorteil konnten als beispielhaft gelten für die nächsten Verhandlungen: und alles ohne Augenmerk auf den Leichnam ... nicht der Leichnam irgendeiner ins Ausland verschobenen Figur ist gemeint! dachte C., es ist ein ideeller Leichnam gemeint. Und dieser dünstet irgendwo im Konferenzzimmer, unter den Tischen, oder aus den Blumenschalen auf den Tischen, oder er dünstet unter den Tapeten hervor, die erneuert worden sind, um die hellen Rechtecke an den Wänden zu beseitigen, die von den ausgewechselten Ikonen der Macht stammen ...

– Ja, die Verkäufe waren getätigt, dachte C., welch eine Erinnerung! An den Verkauf der Landeskinder nach Amerika! Während die Verkauften ihre Büchsen abschossen, in die Luft vor Freude, und die Kugeln aufs Pflaster knallen ließen. Dies gab es doch schon immer in diesem Land! Nur daß die Geschichte damals mit einem anderen Vokabular getätigt wurde, nur daß der Leichnam damals noch erwähnt worden war: Mit Gott nach Amerika! Hier aber ist er vergessen, und wahrhaftig, sie haben das Land derart verpestet, daß man den Gestank seines Hinwesens nicht mehr riecht! – Nur deshalb haben sie Schmutz aufgehäuft, dachte C., Qualm in den Himmel geblasen, das Wasser vergiftet und die Atmosphäre verseucht: damit man den Fäulnisgeruch der Gesetze nicht riecht, die unter ihrem Fuß liegen. – Und wenn sie das Wort *Rücksicht* gebrauchen, rief C., dann meinen sie nicht den Blick zurück auf den Leichnam Gottes, der irgendwo dazwischen liegt und verrottet, zwischen den Annalen, zwischen den Stühlen und zwischen den Abschlüssen. Dann meinen sie das Wort *Vorsicht*, damit ihren Plänen nichts im Weg stehe. Sie meinen das Schweigen über ihre Pläne ... denn sie selbst wünschen dem göttlichen Leichnam gleich zu sein!

– Schluß endlich, dachte er einen Augenblick später. C. hatte es bald aufgegeben, über die Flußbrücke hinwegzukommen und dabei den Leuten auszuweichen, die ihm in großer Zahl entgegenströmten; er widerstand nicht mehr und trieb mit ihrem Strom mit, nach kurzer Zeit gelangte er wieder in Straßen, die ihm bekannt vorkamen, die in der Nähe des Bahnhofs lagen. Schluß endlich ... es hat keinen Zweck mehr, durch tote und menschenleere Viertel zu laufen, durch diese unbewohnten Viertel der Sprache, über diese Friedhöfe ... wo ich den einen Friedhof, den ich suche, nicht mehr finden kann. Schließen wir uns lieber den Toten und Halbtoten an, die es von dort drüben herübertreibt, lebendes oder totes Material, das zum Verkauf ansteht. Die nur noch kurze Zeit hier wandeln, diese Versatzstücke einer Weltidee: tatsächlich waren wir alle die Funktionäre einer Idee, im Auge einer Idee, auf den abgebrannten Bauplätzen einer Idee, unsere Funktion war und ist es, hier zu sein, nicht mehr hier, am Leben zu sein oder tot, zu existieren oder ohne Existenz zu sein – und dies nach Möglichkeit nur einmal –, und aus all diesen Funktionen – es war nicht viel mehr als eine einzige – materialisierte sich die Idee ... wir waren die Heerschar einer Genesis, einem Zentrum zugewandt, aufgereiht in dichten Phalanxen, und blind und gebeugt auf einen Kern zuwankend, von dem wir nicht wußten, ob er ein Licht oder ein Dunkel war, wir waren konzentrische Kreise von Funktionären, die wir uns einer Mitte neigten, die wir mit gesenkten Häuptern auf ein Loch zustrebten, von allen Seiten ... Funktionäre: lange vergeblich suchten wir abzudanken und kamen uns wie Verräter vor. Bis wir bemerkten, daß auch in der Verwaltung niemand mehr glaubte, daß diese Genesis ein Weg ins Leben war.

– Und eigentlich habe ich den Abschiedsbrief an diese Idee schon längst in der Tasche. Seit mehr als einem Jahr, nur habe ich noch nicht teilgenommen an einer der großen Entrümpelungen.

Nun will es mir vorkommen, als sei ich dazu tagtäglich aufgefordert worden, von verschiedener Seite, als habe man seit langem schon täglich versucht, mit mir über die menschlichen Dinge zu reden, über die

Normalität, über Möglichkeiten, sich zurechtzufinden ohne eine Weltidee. Über Haustüren, die geöffnet werden müssen ohne Schizophrenie, wie man den Mund schließen kann ohne Hermetismus, oder wie man ein Brot auf der Schulter tragen kann ohne Psychoanalyse. Wie man an seine oder an eine andere Gestalt denken kann, ohne an Repräsentanz zu denken, wie man über seinen Körper sprechen kann, ohne an Subversion zu denken, oder an Gesellschaftskritik zu denken, oder an die Berechnung seiner Funktion.

Was C. aus dem nicht enden wollenden Gerede der Leute, die ihm über den Weg liefen, zumindest herausgehört haben wollte, war die dauernde Vergewisserung darüber, daß es überhaupt noch möglich sei zu sprechen. Dann waren es, schien ihm, nichts als immer wiederkehrende Sprechübungen in einer Zeit, da das Sprechen schon überflüssig geworden war ... da das Sprechen immer weiter an Bedeutung verlor, ja, denn durch die herrschende Weltidee schien schon alles gesagt: sie hatte den Weg ins ewige Leben gewiesen ... in die klassenlose Gesellschaft, sie hatte Frieden verkündet, unumstößliche Wahrheit, die Lösung aller Probleme ... und damit war der Diskurs überflüssig geworden. So leicht war die Gabe des Sprechens ... die Gottesgabe ... ausgelöscht worden, eine Weltidee hatte die Gottesidee verdrängt! Zweifellos hatte letztere Idee doch das Sprechen erforderlich gemacht, denn ihre Religion war der Glauben, welcher der Worte bedurfte: man mußte glauben, daß die Worte einen Vorschein hinter sich hatten. Die Weltidee aber glaubte nur an den Beweis: und als sie sich an die Stelle des göttlichen Leichnams gesetzt hatte, wurden Mauern aus Sprachlosigkeit errichtet, und an deren Fuß wuchs ein Gebrabbel herauf. Gebrabbel, – dies war ein anderer Ausdruck C.s für jene schreckliche Form eines *small talk*, dessen Hauptanliegen er darin zu erkennen meinte, mit dem Mittel der Stimmbänder Wörter zu erzeugen, unverfängliche Wörter, oft genug nur Halbwörter, bloße Laute, die wie ein unartikuliertes Begehren klangen. Nur im Zufall schienen sich aus diesen Wörtern Zusammenhänge herzustellen, und mit dem Mittel dieser Zusammenhänge eine ausweichende, ganz und gar oberflächliche Rede, die über allen Dingen kreiste, weil sie alles betreffen konnte; es war ein Reden, das sich wie ein dickflüssiger Film über das eigentliche Schweigen zu verbreiten begann ... es war, durchaus im Einvernehmen mit den Ideen der Verwaltung, die letzte Funktion der Stimme: ein Film aus Wörtern über der ausgelöschten Sprache.

Irgendwann jedoch hatte ein sonderbar lüsterner Tonfall das dauernde Spiel dieses *small talk* zu unterwandern begonnen. Es war ein unüberhörbares verworfenes Werben in die gegenläufigen Stimmen getreten, eine Zwienatur, die allen Beweisen Unglauben entgegenhielt, und es schien dadurch zu geschehen, daß sich zunehmend sexuelle Doppeldeutigkeiten in den Redefluß mischten, seltsam amoralische Anspielungen, die, so wollte C. bemerken, mit dem Kriminellen liebäugelten. Es waren, dachte er zuerst, ganz einfach Reaktionen auf den Tod Gottes, der endlich nicht mehr zu bezweifeln sei ... es waren unmittelbare Folgen auf das Verschwinden der angewandten Theologie, auf das Verschwinden religiöser Moral. Und damit waren es nicht mehr Reaktionen auf das Dasein der Verwaltung, es waren eigensinnige abgetriftete Verhaltensweisen: in zersetzter Form wirkte das ethische Prinzip weiter, das die Verwaltung aus der Welt geschafft hatte. Es war eine Sprache degenerierter, umgedrehter Affirmation in bezug auf den Gedanken der Schöpfung ... es war die Sprache der Zermürbten, die zum Verkauf anstanden, und es war in ihr die Nachricht davon, daß sie unter der für ihren Absatz erforderlichen Zermürbung noch intakt genug waren, ihr Geschlecht weiterzutragen.

– Damit sind sie also verloren für mich! Und getrennt von mir: die in der Stadt fehlgehenden Toten, in deren Leben sich schon körperlich die dem Gottesleichnam verbündete Theodizee ausgebildet hat. Und alle sind sie schon fort von mir, aber es macht mir nichts aus ... die Gesichtslosen, die Zermürbten, die schwachsinnigen Schwätzer, die Ganoven, die Demoralisierten auf ihrer schiefen Bahn: sind sie mir schon fremd geworden, bevor sie, säuberlich verpackt in die westwärts rollenden Waggons gepfercht, abtransportiert werden? – Ihr lüsterner Einfall ist es, befristete Zeit im Haushalt einer schönen amerikanischen Millionärswitwe Knecht zu sein, welche dafür eine Devisenpauschale an die Verwaltung entrichtet, danach, in drei oder weniger Jahren, wenn sie, bei zuvorkommender Zinsbelastung, ausbezahlt sind, können sie die Freiheit erlangen ... dies zu erreichen sind sie zu allem bereit. Und, nicht genug, die Verwaltung tut das Möglichste, damit sie diese Bereitschaft erlernen. Und viele von ihnen sind imstande, Verbrechen auf sich zu laden, damit sie nur bald inhaftiert und ausgeliefert werden.

C. spürte, wie er sich unter diesen Gedanken – die ihm in so schnellem Tempo durchs Hirn gingen, daß er, als müsse er ihnen nacheilen, seine Schritte erneut beschleunigte, bis er, inmitten der Gebüsche vor dem Platz am Bahnhof, atemlos anhielt – immer mehr von sich selber getrennt hatte, in immer größere Entfernung zu den eigenen Absichten geriet, wie er von ihnen schließlich nichts mehr wußte. Die Zusammenhänge, von denen er sprach, hatten ihn zum Verschwinden gebracht: er war aus dem Schweigen, das ihn umgeben hatte, in einen Redeschwall geraten, der seinen Konflikt mit seinen eigentlichen Entschlüssen mehr und mehr überdeckt hatte; die längste Zeit hatte er sich für widerstandsfähig genug gehalten, für sich den Weg der meisten derer, die ihm begegneten, ausschließen zu können. Plötzlich aber fand er sich, in die Enge getrieben, zwischen diesen Hecken versteckt, in einer Situation wieder, in der er sich nicht mehr kannte und nur noch Abwehr spürte. Vor sich sah er einen halbaufgelösten Schemen, der ihm irgendwie entschlüpft war, in Richtung des Bahnhofs flüchten, und es war, als müsse er mit einem Schrei das Schweigen über diesen Schatten ein für allemal brechen, noch ehe dieser in der Menschenmenge am Bahnhof untertauchte … aber er wußte nicht den Wortlaut dieses Schreis. – Es gab einen schmerzlichen Grund, der ihm bisher immer aufs neue verboten hatte, auch für sich an den Weg zu denken, den so viele wählten. Nur in Ausnahmefällen war ihm eine notwendige *Tat* als ein so abstrakter Zweck erschienen, daß er sie hätte für imaginär genug halten können, um sich konkret zu befassen mit ihr und ihren Folgen: nie hatte er sich das Wort Entrümpelung gedeutet, nie hatte er sich die Obszönitäten der Zermürbung vorgestellt. Der Grund, der ihn hinderte, lag ganz in der Nähe auf einem kirchlichen Friedhof.

Mit einem Anfall fast von Lähmung überkam ihn plötzlich das Bewußtsein, daß ihm die Erinnerung an seinen Brieftext entglitten war, schon lange, und wie er sich mit seinen Reden darüber hinweggebrabbelt hatte, ununterbrochen … und daß er nicht einmal wußte, wer sich der Sprache seines Schreibens bedient hatte. Ob er es war, C., der mit diesem Schreiben unbedingt eine andere, zweite Person in die Flucht schlagen wollte … oder nicht in die Flucht, nein, noch schlimmer … oder ob dies der Schreiber des Briefs wollte, ob ein Schreiber dieses Briefs alles gegen ihn, gegen C., zu richten versuchte, und sich dazu seiner Schrift bedient hatte. Für eine dieser beiden Personen allein gab es jenen in der Erde begrabenen Grund zum Hierbleiben: aber für welche? – Augenblicklich beschloß C., den Brief zu lesen: im Bahnhof konnte er ihn lesen, oder wenigstens im Lampenschein auf dem Bahnhofsvorplatz. Aber dort waren zu dieser Zeit wahrscheinlich noch zu viele Menschen: es war ihm klar, daß der Brief ein Schweigen brach, welches nicht gebrochen werden durfte;

wenn er ihn las, dann war das Schweigen, das seit einem Jahr anhielt, auch in seinen Gedanken gebrochen. Vielleicht mußte er das Schweigen dann sofort auch öffentlich brechen, vielleicht den dauernd hörbaren, breitgelaufenen, von nicht ablassender Gier durchsetzten Film von Gebrabbel sofort zersprengen ... es gab einen Satz in dem Brief ... vielleicht nur einen Halbsatz, einen unvermittelten Aufschrei, einen einzigen in sich geschlossenen, wetterfesten Ruf, mit dem er sich dem Gebrabbel der Gier sofort als Objekt anbot. Aber er wußte nicht mehr, welche Richtung dieser Satz nehmen wollte – nicht mehr, was seine Absicht war ... seine, des Briefschreibers Absicht, oder die Absicht des Satzes ... oder ob er nicht das Gegenteil einer Absicht hervorrufen mußte –, seit einem Jahr, seit mehr als einem Jahr, seitdem er den Brief im Dasein installiert glaubte, und so hatte er sich, wahrscheinlich, gehindert gefühlt, den Brief auf den Postweg zu geben ... und die dauernde Beschäftigung mit diesem Postweg hatte ihn gehindert ... für den Fall, daß das Schreiben noch nicht auf dem Postweg war, hatte er sich stets die redlichste Mühe gegeben, alle hindernden Fragen zu vergessen: aber er hatte nur den Inhalt des Schreibens vergessen.

Einundzwanzig Uhr ... wahrscheinlich, und es gab für den heutigen Abend keine Chance mehr, das Schreiben auf den Postweg zu bringen. Als C. zum Bahnhofsvorplatz zurückgekehrt war, hatte er feststellen müssen, daß die Uhr über dem Eingang zur Bahnhofshalle noch immer auf *sieben* zeigte: offenbar war sie nur eine Stunde lang gegangen, von neunzehn bis zwanzig Uhr, dann war der kleine Zeiger zurückgefallen. Es war eine Stunde, die ihn an einen düsteren Abend erinnerte, der über ein Jahr zurücklag. Vor über einem Jahr war er um die gleiche Uhrzeit aus einer Bahnhofshalle ins Freie getreten, das gleiche Wetter hatte ihn empfangen, nasse Kälte, die in Frost umzuschlagen drohte, er entsann sich der Schneeflokken, die wirbelnd in den Nebelschwaden unter den Lampen verschwanden, aber den Boden nicht zu erreichen schienen ... dann war das Schneetreiben stärker geworden, minutenlang hatte er sich in einige offenstehende Hausflure geflüchtet, die Zeit war ihm vergangen ... schließlich war er zu dem Bahnhof zurückgekommen, zum gleichen Bahnhof, er wußte nicht, ob er sich das gefragt hatte, und die Zeiger der Uhr hatten sich nicht bewegt, oder waren zurückgefallen, und es war, als sei im Elend dieser toten verwüsteten Stadtgegend auch der Gang der Zeit erstorben.

Schon auf dem Rückweg zum Bahnhof hatte er daran gedacht, sich eines letzten Anhaltspunktes dafür zu versichern, daß ihm das Viertel bekannt sei: er wollte sehen, ob sich am Rand des Platzes noch die hölzernen, mit ausgewaschenen Markisen überspannten Tische antreffen ließen, wo, seit Jahren offensichtlich von denselben Frauen, Blumen verkauft wurden; ein Umstand, bei dem man zielsicher mit den nachlässigen Besuchern des in unmittelbarer Nähe gelegenen Friedhofs rechnete. Wenn er noch rechtzeitig kam, konnte er von den Marktfrauen sogar den

Weg zum Friedhof erfahren. Er glaubte gesehen zu haben, daß es vorhin noch, auf wenigstens zwei Tischen, irgendwelche Astern gegeben hatte, vorhin ... es konnte dies auch Einbildung gewesen sein, oder eine Erinnerung, die ein Jahr alt, oder die vor diesem Jahr schon mehr als ein Jahr alt war, oder eine Erinnerung, die er längst einem andern zugeschoben hatte ... als er das Geld hervorsuchen wollte, hatte er den Brief in den Fingern und hielt inne. – Sie waren in diesem Brief, die Astern, die er gesehen hatte. Sie waren darin mit Nelken verwechselt worden. Dennoch waren es Astern, es waren welke totgeborene Astern, und ihr Geruch war in diesem Brief, der Geruch der Astern, der eigentlich kein Geruch war, nur eine Erinnerung. Sie raschelten wie Papier, die Astern, und ihr Geruch glich dem von zerknülltem Papier, das neben Nelken gelegen hatte, und plötzlich hatte er Teile aus dem Inhalt des zerknitterten, unachtsam behandelten Briefs wieder im Kopf. Er meinte, daraus zitieren zu können, plötzlich war er sich einiger Zitate aus dem Schreiben absolut sicher. Das Licht, das vom Bahnhof herüberdrang, und der Schein der Lampen über der Straßenkreuzung, der von den auf und ab gewehten Nebeln, von den Ausdünstungen der Fahrzeugmotoren zurückgespiegelt wurde, sie vermischten sich in einer Vielzahl von Reflexen, verwirrten die eiligen Menschengruppen auf dem Bahnhofsvorplatz, die an der Kreuzung aufgehalten wurden ... C. mußte kühl und gelassen aussehen, wenn er, eingetaucht in die Bewegung der Schatten und Halbschatten, für einige Augenblicke in dem

Brief lesen wollte, keinesfalls durfte er sich berührt zeigen von den verklausulierten Sätzen und Schnörkeln, die völlige Unerfahrenheit in den gebräuchlichen Schreibmoden und gängigen Redewendungen vortäuschten. Die Fremdheit des Briefschreibers, seine gänzliche Unfähigkeit zu irgendeiner Kommunikation mußten deutlich aus ihm sprechen, sichtbar wie aus einer Steinsäule, wie aus einem Monument, wenn er las, inmitten der vorbeirennenden Menschen. Unter dem Schweigen des Briefs gab es eine verräterische Sentenz, die er finden mußte; die kaum noch leserliche Anschrift lautete:

> *An die regierende Verwaltung der Hauptstadt. An die Oberen Ausschüsse der Abteilung für Innere Fragen. An das Gericht.*

Gleich zu Anfang erklärte sich der Briefschreiber einem widersprüchlichen Zustand unterworfen, in dem es ihm an jeder Form von substantieller Selbsterkennbarkeit ermangele. Er bezeichnete sich als einen Menschen, der in einem Bewußtsein von seiner Person – gleichviel, ob es in ihm oder außer ihm herrsche – noch nie integriert gewesen sei. Damit begreife er sich als ein mit juristischen Mitteln überhaupt nicht zu belangendes Subjekt, über das alle Aussagen als irrelevant, wenn nicht sogar falsch angesehen werden müßten, und nicht zuletzt diejenigen, die er selbst über sich träfe: solche Aussagen sind die Zeichen einer anderen Individualität, bemerkte der Schreiber undeutlich, und sie wiederholten sich in dem Brief nur. Ja, eigentlich sei es ihm immer schon bedenklich vorgekommen, wie man sich nurmehr auf das Deuten von *Zeichen* habe einigen können, es sei ihm unbegreiflich gewesen, wie man habe glauben können, anhand von Zeichen die Dinge der Welt zu erkennen. Signifikant seien nicht die Zeichen, behauptete der Schreiber, signifikant sei allein die Kapitulation der Erkenntnistheoretiker. Das Gesabber der Zeichen sei das Hollywood der Philosophie, stets sei ihm das Geflecht der Zeichen, in dem man zu lesen sich anschicke, nur wie ein fahrlässiger Film von Verhüllungen erschienen, die Strukturen unter diesem Gewebe aber blieben grundlos, ohne Bestand und unbeschreibbar wie das Schweigen ... ein Schweigen, aus dem man es dröhnen hören könne, das Gelächter Baudelaires. Denn das Stumme unter der Sprache bedarf nicht der Rede: wir sind es, die ihrer bedürfen ... doch es gibt in keiner Sprache ein Zeichen für das, was sie bedeckt, es bleibt uns nichts als ein Benehmen von Lebenden.

Oh, und es ist ein dürftiger Grund, der uns diese Zeichen zur Hand gab, es ist ein abgewirtschafteter Humanismus. Diesen allein mache er verantwortlich, wenn er sich im weiteren zu einer Mordtat bekenne, die er nach letztem Wissen für eigentlich unaufgeklärt halte. – Hier folgte die genaue Beschreibung eines am 7. November 1979 im Stadtteil K. zu Berlin begangenen Verbrechens an einer zur Tatzeit neununddreißigjährigen, ledigen weiblichen Person, mit Nachnamen *Korall*, Vorname unbekannt, deren Leiche man erst viel später aufgefunden hatte. In dem Brief wurde die Tat als Unfall, jedenfalls als *versehentlicher* Totschlag dargestellt, gerade in dieser Auslegung aber kamen so viele Details zur Geltung, daß deutlich wurde, wie dieses Versehen des Täters sich fast zielstrebig vorbereitet hatte. Ob nun Unfall oder Mord, es konnte keinen Zweifel geben, daß der Briefschreiber einen weit besseren Einblick in die Geschichte hatte, als es selbst für einen Augenzeugen möglich gewesen wäre. Weiter schloß sich daran die Behauptung, daß der in diesem Fall Angeklagte – er sei, wie in der Zeitung berichtet, geständig gewesen und zu vieljährigem Haftaufenthalt verurteilt worden – vollkommen unschuldig sei. Über die Absichten des Geständigen müsse geschwiegen werden, es gebiete dies die Verpflichtung einem Humanismus gegenüber, der mit seinen Errungenschaften nicht handeln lasse: dennoch müsse der unschuldig Verurteilte sofort freigelassen werden.

Der Briefschreiber (der sich keineswegs in einem irgendwie gearteten Abhängigkeitsverhältnis zu dem Verurteilten befinde, weshalb auszuschließen sei, daß er fremde Schuld auf sich zu nehmen beabsichtige ... wohingegen dies im Fall des Verurteilten als ziemlich unsicher gelten könne) stellte sich als ein Mensch vor, mit Namen G. C., alternd, inzwischen sich am Rand der Vierziger fühlend, ohne Arbeitsverhältnis im Stadtbezirk L. lebend, der sich seiner Staatsbürgerschaft nie oder höchst selten bediene. Von früher Jugend an habe er alles mögliche versucht, für sich selbst eine annehmbare, eine wahrnehmbare *Gestalt* zu entwerfen (so vereinfacht, ja primitiv werde er sich der Verwaltung zuliebe auch weiterhin ausdrücken!); die regierende Wirklichkeit, die über allen Belangen spürbar herrsche, habe es immer zu verhindern gewußt. Von früh auf habe er erfahren müssen, daß der bloße Gebrauch des Wörtchens *ich* schon als eine subversive Handlung aufgefaßt worden sei. Gleichwohl sei eine für ihn vielleicht charakteristische Fügsamkeit – das Bestreben, jeden Anflug des vorgenannten Verdachts sofort auszuräumen – wiederum als eine heftige, wenn auch im Hinterhalt lauernde Widersetzlichkeit erkannt worden. Deshalb habe er damit begonnen, sein eigenes Bild nur noch schriftlich, und für sich, zu fixieren, und zwar binnen kurzem in den vielfältigsten Formen, was ihm schnell zu einem geradezu zwanghaften Bedürfnis geworden sei. Fast sei es ihm eine Art notwendiger Ernährung geworden, in erdachte Rollen zu schlüpfen: jede der Rollen aber, die er für sich erfand, habe er absichtlich so angelegt, daß sie andauernd – natürlich nur schriftlich –, daß sie fortlaufend die unvorhersehbarsten Veränderungen hatten herausfordern müssen ... keiner dieser Rollenfiguren geschah es, daß sie im Verlauf ihrer Existenz wie im Zufall ihren Doppelgänger entdeckte, um sich darüber zu entsetzen, wie in beliebten Romanen des letzten Jahrhunderts: das Entsetzliche waren Figuren, die sich ohne Aussicht auf einen Doppelgänger im Leben fanden. Jede der Rollen habe ihm von vornherein eine Doppelrolle sein müssen ... und jede seiner Rollen sei, und wenn es nebensächlich gewesen sei, stets damit beschäftigt gewesen, für sich eine zusätzliche Rolle zu entwerfen, in schriftlicher Form. Die Praxis dieser schriftlichen Fixationen habe ihn in den Stand einer Versiertheit gesetzt, die nur mit dem scheußlichen Ausdruck *virtuos* zu beschreiben gewesen sei. Mit dem widerwärtigen Behagen, in dem er diese Virtuosität genoß, sei allerdings schnell die subversivste Waffe seines Gestaltwillens gegen den objektiven Willen der Wirklichkeit zur Ungestalt ruchbar geworden: er habe selbst einsehen müssen, wie er, je widerstandsloser sich ihm seine Rollen gestalten ließen, selbst um so deutlicher nur reiner Widerstand gewesen sei. Was denn sonst außer Waffen setze man mit solchem Wohlgefühl ein? Er habe sich also drehen und wenden können, das Verbrechen sei ihm in jeder Richtung vorgezeichnet gewesen.

Unter diesem Wissen sei es abwärts gegangen: aller Äußerungsformen, Umgangsformen, Annäherungsformen seinen Mitmenschen gegenüber (deren jede mitmenschliche Person bedürfe, um zumindest augenblickslang brüderlich erkannt zu werden) sei er verlustig gewesen. Tapfer habe er an der Wirklichkeit dieser Bestimmung weitergearbeitet, sich von allen Nachbarn getrennt, folgerichtig von den Eltern, von den Arbeitskollegen, Straßen- und Treppenhausbekanntschaften, die durch ihn gezeugten Kinder habe er verlassen, ja, und der Schritt, der zum Übel geführt habe, sei ihm unaufhaltsam erschienen. Er habe es in den Gesichtern seiner Doppelgänger gesehen, in den Lichtern darin, den kalten bösen Augen, die unbeweglich starrten, hart und ohne Wimpernschlag, die rohen Augen von toten Säufern, die rasend auf ihn zurückglotzten.

Einmal sei er, lächerlich genug, mit der Idee umgegangen, einen seiner Doppelgänger zu verheiraten. In dem Entschluß, diesen zu retten (vielleicht sei es einer der seinem Schöpfer sehr ähnlichen gewesen), ihn zu bewahren vor weiterer Verwandlung, vor seiner Auslöschung schließlich und vor seiner Ersetzung, habe er in seiner Vorstellungskraft nach der Möglichkeit eines weiblichen *alter ego* für sich gesucht und sich vorgenommen, sein erfundenes Ich mit dieser weiblichen Person in eine Verbindung zu bringen. Er wolle die Empfänger des Briefs keinesfalls erheitern, vielmehr wolle er Zeugnis geben von der Konsequenz seiner Bemühungen, wenn er versuche, ein Beispiel zu schildern: für Stunden täglich – und dies einige Wochen hindurch – habe er sich vor dem Spiegel geplagt, um mit weiblicher Stimme zu sprechen, in ihm weiblich erschienenen Sätzen, in Frauenkleidern und mit ausgestopftem Busen, so habe er vor dem Spiegel die Entkrampfung seiner Gesichtszüge trainiert, mit zurückgebogenem Kopf, mit etwas seitlich geneigtem Hals, so daß er ein wenig habe schielen müssen, habe er zu wispern, zu flöten versucht, sich die Stimme möglichst flach aus der Kehle holend ... oh, es war einfach geschmacklos, er habe, den Augenaufschlag probierend, den er sich vorstellen wollte, unsinnige Worte gehaucht, die von der Bewunderung für bestimmte Männer handelten, schmerzlich habe er dabei erkennen müssen, welche Unterschiede es gab zwischen ihm und seinem Doppelgänger; nun habe, was er diesem an Vorteilen sich selbst gegenüber angedichtet habe, sein Vorhaben fast verhindert, denn zu sehr habe er den Charakter der weiblichen Figur auf sich selber projiziert ... alle der männlichen Aufmerksamkeit zugedachten femininen Verhaltensweisen habe er versucht einzubeziehen, ja, sie zu erlernen, um sie wirkungsvoll einsetzen zu können: nur um festzustellen, daß dieselben ausschließlich Männererfindungen waren, an denen er scheitern mußte, da er sich die geplante Liaison doch nicht für sich selbst einzufädeln gedachte. Ja, mit überwältigender Trauer sei er schließlich auf den Gedanken gekommen, daß die *Frau als solche* eine Männererfindung sein müsse, von allem Anfang an, in allen theistischen Sphären, ein Entwurf der Männer, und daß dies der wahre Grund dafür sei, daß er sich selbst mit einer Frau nicht einigen könne; und daran habe er erkannt, welches Nichts er darstelle in der Welt, welch absoluter Gegensatz zu ihr, der er mit den eigenen Erfindungen nichts anfangen könne, und welche schier vollkommene Unfunktion er damit verkörperte. Wie sinnlos alles war, was er tat: je weicher er sein Gesicht zu gestalten suchte, desto grobschlächtiger kam ihm die Visage vor; er sah die zurückweichende Stirn, die hervorstehenden Kinnbacken, die gebleckten Zähne, die breit ins Licht sprangen, wenn er ein Lächeln wollte, sein geblähter Hals aber einen Ansturm von Gelächter erwarten ließ: wie immer war er an sein Gesicht in dem dunklen Busfenster erinnert, an dieses reine Spiegelgebilde, von den Verschmierungen auf dem Glas entschärft; in dieser optischen Täuschung erkannte er allein noch seine Wirklichkeit, auf der Heimfahrt von der Arbeitsstelle, wenn er sich langsam zu verwandeln begann in eine der Gestalten seiner Phantasie, in denen er dem alltäglichen Elend seiner angepaßten Existenz entkam.

Maßlos überrascht sei er eines Tages der Frau begegnet, die er gemeint zu haben glaubte, seinem weiblichen Entwurf sei er begegnet, an einer Busstation: er sah sie nur einige Sekunden an und wußte, daß sie seiner Imaginationsfigur aufs Haar glich. Allem Anschein nach war sie im Stadtteil L. aus demselben Bus gestiegen, mit dem er angekommen war: von da an sei sein Platz nur noch im hinteren Teil des Fahrzeugs gewesen, von wo aus er beobachten konnte, wann sie zustieg, ob sie allein sei, mit wem sie umging; augenblicklich habe er im Kopf begonnen, die gewünschte Verbindung herzustellen. Die Annäherungsversuche seines Schattens (den er schon früher stets, um ihn besser im Auge zu haben, im vorderen Busteil plaziert habe) seien erbärmlich, aber zielstrebig und nicht ohne Erfolg gewesen. Mit wachsender Unruhe habe er dem bekannten Spiel von Wort und Widerwort beigewohnt, wenn sich da vorn eine jener leichten Unterhaltungen entspann, die er eröffnete, in einem idiotischen Tonfall, wie man ihn Kindern gegenüber verwendet, onkelhaft und einschmeichelnd, ein Ton, dennoch von einer Lüsternheit durchsetzt, die ihr nicht unangenehm zu sein schien. Im Gegenteil, wenn sie bald darauf einmal vor ihm in den Bus kam, wartete sie, um zu sehen, daß sie sich auf den Platz neben ihm setzen konnte: die von seinem Doppelgänger erzielte Wirkung sei eindeutig gewesen ... und nun wäre er von Neid und Ärger gepeinigt worden, denn er selbst habe niemals auf einen so leichten Sieg zurückblicken können. So habe er sich eines Tages erlaubt, sie in eigener Person anzusprechen, nur um darüber zu erschrecken, wie erstaunt und kühl sie reagierte, und sich gleich darauf abweisend verhielt ... und ihre Zurückweisung sei immer deutlicher geworden, als er seine Versuche wiederholte: kaum habe er ihren Namen erfahren können, kaum, daß sie den Schritt ein bißchen verlangsamt habe, wenn er ihr, nachdem er sie durch die halbe Stadt hindurch verfolgt habe, endlich in den Weg zu treten wagte.

Immer öfter habe sich ihm der Verdacht bestätigt, daß er neben der von ihm erfundenen Männergestalt, neben der Hauptfigur seiner Geschichte, eine blasse Erscheinung sei, daß er von seinem Doppelgänger längst in den Hintergrund gedrängt werde ... so daß eigentlich er, C., der Doppelgänger des anderen gewesen sei; weniger noch als Luft, ein bloßes Gedankengebilde, der verwaschene Abzug bloß eines an Stärke und Eigenheit zunehmenden Lebens, das aller Keime in seinem Gehirn ledig war: und dieser ihm Fremdgewordene war schon lange eine der wenigen wahrhaft lebendigen Existenzen in dieser Stadt, und er war es, der schließlich nur noch Tote und Halbtote durch seinen Umkreis hatte wandeln sehen ... und mich als einen dieser Toten, zu kraftlos, die Straßenseite zu wechseln, den Stadtteil, die Ufer des Flusses ... ohne Gesicht und Kontur, so segelten wir als Schatten durch den Stadtrauch, bemerkbar nur, wenn sich das Quietschen unserer Kinderwagen, Fahrräder, Handkarren näherte ... und es sei dies alles auf gut Glück geschrieben, als ob der Briefschreiber in dem Brief längst keine erkennbaren Buchstaben mehr finden könne, – wie in dem abgegriffenen, sich entnervend wiederholenden Entwurf zu einem Brief, der womöglich noch nicht er selber sei, der Brief!

Und wie er, C., die Schrift seines Briefs eigentlich schon nicht mehr lesen könne, so habe er das Schwinden seiner Stimme hinnehmen müssen: niedergeschmettert erfahren müssen, daß er unfähig gewesen sei, vor ihr zu sprechen, seine Worte seien vor dieser Frau schlicht unhörbar gewesen, er sei ignoriert worden wie ein fader Geruch, wie ein Schatten ohne ersichtlichen Ursprung ... darum habe er es mit anderen Zeichen versucht, mit Adressen, auf denen Verabredungen notiert waren, die er ihr im Gedränge des Busses heimlich in die Handtasche steckte (sie seien unleserlich gewesen), mit Blumengeschenken, immer, wie um Mitleid zu erregen, der billigsten Sorte, aber auch diese Symbole wären mißverstanden, mißachtet worden, als ob sich die Blumen in Luft aufgelöst hätten, in verwehende Gerüche, in erlöschende Schatten von Farben und Gerüchen.

Zuguterletzt habe er eine Tat erfinden müssen: allein *eine Tat* noch, unter all den Schattenbewegungen und Unentschiedenheiten, konnte die verworrenen Zusammenhänge ins Lot bringen, nur eine Tat die beiden Rivalen trennen, und erweisen, welcher der beiden der wirkliche Erfinder der Schatten und ihrer Geschichte war, und welcher einer dieser Schatten war, der sich anmaßte wirklich zu sein. Ein Mittel für das Verschwinden des einen der beiden sei das Gefängnis gewesen ... das Gefängnis wird Mauern zwischen uns bringen, Mauern und vielleicht sogar

Ozeane, habe er gedacht: man habe der Verwaltung alles nachsagen können, aber eine imaginäre Figur sei von ihr noch nicht inhaftiert worden … noch jeder habe in der Haft über kurz oder lang erfahren müssen, daß er ein Teil der Wirklichkeit sei.

C. bezweifelte plötzlich, daß er den Brief wirklich geschrieben habe: und ob er wirklich in seiner Manteltasche steckte – immer wieder hatte er ihn zwischen zerknitterten Notizzetteln, zerdrückten Zigarettenschachteln, Taschentüchern gesucht; wenn er ihn bei sich hatte, mußte er inzwischen ein zerknüllter Fetzen sein … dabei war er noch immer auf den dunklen Wegen zwischen hohem Gebüsch an der Seite des Bahnhofsplatzes, wo zu wenig Licht war, den Brief zu lesen … wie auf dem Friedhof, sagte er sich … wo ihm die Sätze, mit denen er sich die Umgebung beschrieb, immer unpräziser zu werden schienen –, oder etwa in der Manteltasche seines Doppelgängers … seines erdachten Doppelgängers: er spürte, wie sich in ihm Widerstand regte, die Figur seiner Erfindung so zu bezeichnen; es war, als habe er sich damit auf einen Sprachgebrauch eingelassen, der nicht der seine war … denn vielleicht befand er sich damit im Sprachgebrauch des Briefs, welcher vielleicht im Hirn seines Doppelgängers entstanden war, und eine Geschichte erzählte, die in diesem Doppelgängergehirn entstanden war, imaginär, eine imaginäre Geschichte, die in den imaginären Zeilen eines imaginären Briefs auf der Lauer lag … auf der Lauer im Gebüsch, neunzehn Uhr, an einem kalten Novembertag, eine imaginäre Intrige in der imaginären Manteltasche seines imaginären Schattens ... und es war diese Geschichte in den langen Mußestunden einer zermürbenden Inhaftierung entstanden. Und es war die Geschichte einer Figurenentrümpelung ... unwirklich allein derjenige, der sie in seinem Kopf mit sich herumtrug: dieser mußte übrigbleiben! C. hatte, ob er wollte oder nicht, den Rest des Schreibens plötzlich wortgetreu im Kopf:

Natürlich steht nicht fest, ob irgendein des fraglichen Mordes Angeklagter im Gefängnis ist, ja, ob überhaupt ein Prozeß in der Sache stattgefunden hat. Nur aus alter Gewohnheit (aus längst erschöpfter Gewohnheit) darf man an einen Prozeß glauben, in dem eine unschuldige Person schuldig wird und so zu ihrer Existenz gelangt. Die herrschende Wirklichkeit allerdings bewahrheitet alle Sätze nur, indem sie diese umkehrt: sie erwirkt in der Tat nur, daß schuldige Personen unschuldig werden, und ihnen also die Existenzen genommen werden. Und man muß hier zu denken lernen, dies sei die Funktion jeglicher Gefangenschaft, ganz gleich in welchen Rahmen. – Schaudernd erinnere ich mich jener Szene, bei der ich nicht nur Augenzeuge war: nein, ich hatte das Ereignis, soweit ich es vermochte, in die Wege geleitet, und mich zuletzt noch hinreißen lassen, meine Phantasie an die Ausführung zu wenden: ich hatte meine Phantasie an die Wirklichkeit verraten. Es war dies zu einer Zeit, in der die zielsichere Verunsicherung, die von einigen mobilen Vorposten der Verwaltung ausging, bei mir längst ihren Nachhall gefunden hatte. Welchen Nachhall, muß in diesem Brief nicht eigens ausgebreitet werden, da die Verwaltung davon weiß. Es müssen auch nicht alle Einzelheiten der Aktion erwähnt werden; ebensowenig die einzelnen Punkte der Vor-

geschichte, die zu dem im folgenden skizzierten Ablauf der Aktion führten, dies alles ist der Verwaltung nur zu gut bekannt. Der Grund, aus dem der Schreiber dieses Briefs das Schweigen bricht, liegt offenbar darin, daß der Zustand, in dem er sich vorher befand, nach dem Ereignis weiterhin anhielt, unvermindert: der Zustand, in dem er sich aller Bindungen an das Gemeinwesen ledig glaubte, welches das fest umgrenzte Land als ein in sich ruhendes Bezugssystem bereit zu halten schien. Aber es war nichts mit diesem Gemeinwesen, alle Bindungen, die er vorfand, waren plötzlich nurmehr Bindungen an die Verwaltung (und diese allein wußte davon): Bindungen also an das bis in den Namen hinein eindeutig Imaginäre, imaginär auch deshalb, da ich die Verwaltung niemals von innen gesehen habe. Wenn ich mich mit ihren Vertretern in der Stadt traf, war es an Orten, die unverfänglich sein sollten. Es war, als ob wir uns zufällig trafen, und es war, als ob jeder, mit dem ich zufällig zusammentraf, Funktionär der Verwaltung sein konnte. Und so war es auch: jeder wußte um seine imaginäre Funktion in der Verwaltung, die seine Verhandlungsbasis war. Jeder war Angehöriger der herrschenden Verwaltung für Innere Fragen.

Kraft einer solchen Funktion war ich Zeuge bei einem Ereignis, das ich nur sehr zögernd als das der Festnahme des Mörders bezeichnen kann. Er wurde in der Dunkelheit eines frostigen Novemberabends auf dem Friedhof des Stadtbezirks K. verhaftet, als er im Begriff war, Blumen auf die Ruhestätte der Ermordeten zu legen. Als die Beamten aus dem Gesträuch stürmten, in dem sie ihn erwartet hatten, fuhr er entsetzt zurück und schleuderte mir, der ich die kleine Abordnung vor das Grab geführt hatte, mit wilder Gebärde den

Blumenstrauß ins Gesicht. Dabei schrie er mit heulender Stimme: Er war es . . . er, nicht ich!

Dieser Aufschrei sitzt mir unverlöschlich in Mark und Bein . . . er ließ mich erstarren, jede Regung in mir schien zu gefrieren; flüchtig sah ich mich, von den Kegeln der Blendlaternen erfaßt, auf dem Nebel wie in einem dunklen Spiegel, ungerührt und abwehrend, eine Grimasse, aus der Gelächter brechen wollte, die aber gerann wie ein durchsichtiger Reflex; man beachtete mich nicht mehr, ich sah, wie man ihn hinwegzerrte, ein zitterndes Bündel greifbarster Wahrhaftigkeit.

Neunzehn Uhr, ich war allein in der Finsternis, nur ein kaum spürbarer Geruch von Blumen in meinem Gesicht war mir aus dem Geschehen zurückgeblieben. Es war der immer gleiche Geruch, der auf dem Grund ihrer Duftnuancen immer wiederkehrende Geruch aller Blüten, der mich erinnerte, daß der Mörder schon einmal Blumen überreicht hatte. Mehr als ein Jahr war er mit Sträußen in der Faust durch die abendlichen Straßen geschlichen, immer im Windschatten einer Frau, die nichts von den Blumen wissen wollte. Den ganzen Sommer hindurch waren es Nelken, die er hinter dem Rücken barg, da er sich von ihrem grellen Aroma betäubt fühlte, wenn der Sommer vorbei war, kaufte er Astern, erleichtert, da diese nicht so heftig dufteten. Und immer spielte sich das Schauspiel in diesem Viertel ab, das sich zusehends zu leeren schien, in dem es immer mehr leere Häuser gab, in dem sich ganze Straßen leerten . . . und wo jedes Geräusch, jeder Schrei zunehmend zu hallen begann, als ob der Hall allein noch durch die Häuserblocks wanderte, und immer weiter wandern wollte, um immer weiter um sich selbst zu kreisen (wie jener Schrei des Mörders: Er, nicht ich! . . . der, dies müsse gesagt werden, in dem von der Verwaltung eingeführten Wirklichkeitsverständnis, stets umgekehrt verstanden werden müsse, um Wahrheit zu werden, umgekehrt und wieder umgekehrt, da für jeden Satz das Gegenteil maßgebend ist ... und weiter, in einer Kette von Umkehrungen, berechnet auf das Erlöschen, das Wahrheit ist, so dachte C.), *sein Schall, schon bar seines Ursprungs, der längst an anderen Orten weilte. – Einmal rief er nach ihr: Nur einen Augenblick, Fräulein Korall, ich habe Ihnen etwas zu übergeben, eine ganze Geschichte Ihnen zu Füßen zu legen ...! Er hatte sie in einem Hausflur gestellt, in einem unbewohnten Haus, und er drückte ihr die Blumen in die Hand. Sie, der Verfolgung überdrüssig und nur noch Abwehr, schlug mit den Blumen nach ihm ... und er, als ob er sich so des letzten Zeichens seiner Existenz versichern könne, schlug zurück. – Alles Eis in meinem Innern, das mit diesem Schlag in mir zu wachsen begann, riecht nach diesen Blumen, nach Blumen und Erde, darin sie wurzeln, so wie Blumen im Grunde stets nach Erde riechen. Ich kehrte nach Hause zurück und machte mich an den Entwurf einer neuen Rolle: der Rolle desjenigen, der sein Leben, in den Zeilen eines Briefs verborgen, mit sich in der Tasche trägt, um es irgendwann, in einem alles entscheidenden Moment, zu versenden. Und zu Hause entwarf ich den Brief.*

Zweiundzwanzig Uhr. Wenn dieser Brief abgesandt ist, bin ich entschlossen, alles nachzuvollziehen, was zu ihm geführt hat, all diese Wege noch einmal zu gehen, und alle Gedanken dieser Rolle zu rekonstruieren, ich bin entschlossen, alle Umkehrungen zurückzuverwandeln, die Verhaftungsszene genau zu rekonstruieren, bis auf den Schrei des

Mörders. Danach stehe ich den Behörden zur Verfügung, danach kann ich meine Funktion als Verhandlungsgegenstand in der Verwaltung erfüllen. Zu diesem Zweck aber muß daselbst die Konsequenz aus einem vorsätzlichen Menschenbild gezogen werden: ich fordere die zuständigen Organe auf zur endlichen und durchgreifenden Abschaffung der Realität.

Mit Achtung! Cebolla

Am Bahnhof waren die Tische der Blumenverkäuferinnen wirklich noch besetzt, doch war man schon beim Zusammenpacken. Als ich näher trat, sah ich vor der jüngeren der Frauen nur noch einen Strauß liegen, während auf dem Tisch gleich daneben – dem Tisch einer Alten, die sich in dem Halbdunkel fast hexenähnlich ausnahm – noch ganze Berge aufgetürmt waren, deren sehr viel schlechtere Qualität jedoch ins Auge fiel. Ich wandte mich an die Jüngere, die ihre Geldkassette seufzend wieder aufschloß ... geistesabwesend streckte ich die Hand nach den Blumen aus, die Brillengläser der Greisin in der Nachbarschaft funkelten rötlich, sie reckte den Kopf herüber und schien angestrengt zu lauschen. – Nelken, was für Nelken, sagte die Jüngere. Sie müssen träumen, mein Lieber, wenn Sie Nelken haben wollen, dann müssen Sie noch bis Mai warten. – Ach was? Ich starrte sie betreten an. Nelken ... habe ich wirklich Nelken verlangt? Ich muß in Gedanken gewesen sein. Es waren natürlich Astern, wie ich an dem nicht vorhandenen Duft erkannte; ungeduldig zahlte ich und wartete, bis sie die Astern kopfschüttelnd in Zeitungspapier gewickelt hatte. Dabei sah ich im Gesicht der Alten nebenan den Schatten einer langen Hakennase beständig über dem zornig murmelnden, zahnlosen Mund umherspringen: Sie welken! Sie welken ... verwelkt! Offenbar machte sich die Alte einen Reim auf unseren kurzen Wortwechsel, den sie nicht verstanden haben konnte; ihr Gebrabbel klang, als würden Flüche herübergezischt. Ich sah ihre braune Faust mit einem Krückstock verwachsen, der zu verhindern schien, daß sie von der Last eines ungeheuren, sich zwischen ihren Schultern aufbäumenden Buckels vornüber geworfen wurde. Mit den Blumen entfloh ich ihrem dampfenden Atem und den Blicken der Brille, wurde aber an der Straßenkreuzung aufgehalten. Jenseits dieser erkannte ich linker Hand das große Eisentor des Friedhofs, daneben die kleine geschlossene Besucherpforte; ein kurzes Stück weiter entfernt sah ich, aus dem Schatten hervor, einen Briefkasten an der Mauer. Das rote Licht der funktionsuntüchtigen Verkehrsampel ging aus, schaltete sich wieder ein, ging wieder nur sekundenlang aus, unaufhörliche Kolonnen von Kraftwagen dröhnten über die Kreuzung. Es war so kalt, daß ich meinte, der feine Niederschlag aus den irrlichternden Nebeln müsse gleich zu Schnee werden; im dünnen Kleid neben mir, unter vielen nervös gewordenen Leuten, stand ein Kind, ein Mädchen, zehn oder zwölf Jahre alt, das von einem Bein aufs andere zu springen begann. – Mein Fräulein ... vorsichtig beugte ich mich hinab und flötete, mein kleines Fräulein, willst du mir den Brief dort drüben in den Kasten werfen? Ich säuselte unter Aufbietung aller falschen Freundlichkeit, und die Stimme war mir höchst widerwärtig: Willst du so nett sein und mir den Brief in den Kasten tun? Ich muß sofort zum Bahnhof zurück. Und ich drückte ihr den Blumenstrauß in die Hand: Hier … zum Dank dafür auch diese schönen Blumen!

Zum namenlosen Erschrecken aller Umstehenden sprang das Mädchen noch vor dem grünen Signal auf die Fahrbahn, es rannte, den Brief und die Blumen schwenkend, zwischen den bremsenden Autos hindurch, die Leute neben mir brachen in einen gemeinsamen Schrei aus … doch das Kind kam sicher drüben an, rannte weiter, an dem Briefkasten vorbei; der Brief flatterte wie zum Hohn in der Dunkelheit, in die das Kind verschwand. – Als der Brief fort war, wußte ich plötzlich, daß er ab einer entscheidenden Stelle in der Ich-Form abgefaßt war: das war der Fehler!

– Elender Kerl! Was wollte der Kerl von dem Kind! Hände weg von dem Kind! schrillte hinter mir eine Stimme … eigentlich hätte der Schrei im Gebrüll eines anfahrenden Lastzuges auf der Kreuzung unhörbar bleiben müssen … wie alle übrigen Stimmen, und auch die Worte, die ich dem Kind ins Ohr gesagt hatte … aufgelöst von den rasenden Ereignissen wollte ich fort: in großem Bogen an den Tischen des kleinen Blumenmarktes vorüber; ich sah die Alte, nun völlig in die Furie eines Alptraums verwandelt, mit der schwingenden Krücke auf mich zielen, ich floh, entging aber nicht der Aufmerksamkeit eines neuen Menschenstroms, der soeben den Bahnhof verließ. – Da, da … schrie die Alte, da ist er … ich erkenne ihn genau! Bleib stehen, du Lump! Ich blickte mich schnell um, ob ich wirklich gemeint war. Die Alte stieß mit dem Stock genau auf mich ein: Da rennt er, der Schürzenjäger, der Hurenbock! Ihr Keifen übertönte alles: Da haut er ab, der Fotzengockel … der Fotzengockel … Fotzengockel! Haltet ihn …

Viele Menschen blieben stehen und starrten mich erschrocken an, kaum konnte ich ihnen ausweichen, das Gesicht im Mantelkragen stürzte ich, während sich das Toben der Alten überschlug, in heller Not in den Bahnhof hinein.

1991 [1. Fassung 1981]

Grünes grünes Grab

1 In den letzten Jahren hatte er nicht mehr gewußt, wonach er auf der Suche war, ebensowenig, wohin das dauernde Nachdenken darüber führen sollte: beides war scheinbar ein und dieselbe Frage. Immer war er sich wie in einem geschützten Raum vorgekommen, er war sich vorgekommen wie ein Geduldeter; er war geduldet mit einer gewissen Lust am Unfug, die der Gesellschaft, in der er lebte, zu eigen war, vielleicht, weil sie das Unbrauchbare auf geheime Art schätzte, denn daß diese Gesellschaft Wahrheiten von ihm erwartete, ließ sich ihm immer schwieriger denken. Vielleicht erwartete sie bestimmte Reize von ihm, Reize für erschlaffte Nerven, eine Art Dekoration, die sich in rhythmischen Phrasen ausdrückte, oder in mehr oder weniger wohlgesetzten Eindrücken aus einem fremdartigen Weltteil, der dieser Gesellschaft, in welcher er sich seit nunmehr fünf Jahren fast ununterbrochen aufhielt, wesentlich unbekannt sein mußte. Eigentlich hatte er in diesen fünf Jahren geglaubt, unsicher zu leben; dabei hatte er auf eigentümliche Weise von außerhalb beobachtet, daß sich allerorts ein ziemlich übler Lebenskampf abspielte. Allerdings tobte dieser Kampf in einer Region, wo er

nichts als ein häßlicher Streit um die Beibehaltung eines Daseinsniveaus genannt werden mußte, dem das seine nicht in jeder Hinsicht zu vergleichen war. Er existierte in gut möglichem Auskommen, geriet nie wirklich in Gefahr, um die Gewährleistungen seiner Lebensweise bangen zu müssen: es sah aus, als habe er sich eingependelt, in bescheidenem Maß lebte er wohl, kannte sogar vorübergehenden Überfluß, und hatte dabei keine zu heftigen Anstrengungen zu fürchten, daß sich ihm sein Wohlergehen erhalte.

Draußen vor dem Abteilfenster war es seit langem undurchdringlich dunkel, eine Nacht, fest wie Metall, durch die sich der Schnellzug schleppend bewegte; in manchen Augenblicken ruckartig, als müsse er Widerstände durchbrechen, und es schien, als zerteile sich die Finsternis jenseits des Fensters in Scheiben, die blechern lärmend umfielen: hinter jedem dieser Segmente erwartete er die Öffnung des Tages, zumindest einen Dämmeranflug, und das Zurücksinken der Finsternis nach jener Richtung, die der Zug verließ. Der Zug fuhr nach Osten, und dennoch schob er sich in immer dichtere Schwärze hinein. C. fand es erstaunlich, wie lange das Licht auf sich warten ließ in diesen Morgenstunden des frühen Herbsttages; es war ein allzu deutliches Indiz dafür, daß der Sommer endgültig vergangen war.

Seit dem letzten Drittel der Reise war er allein im Abteil, was ihn für die vorausgegangenen Stunden einigermaßen entschädigte. Bis zum Bahnhof Weimar hatte er sich dem unaufhörlichen Geplauder und der fast aufsässigen Neugier – die ihm als eine ganz neuartige Nuance im Umgang der hiesigen Leute erschien – der übrigen Passagiere aussetzen müssen, die ihm weder zu schlafen noch zu lesen gestatteten.

Ihnen gab er die Schuld an der wenig erfreulichen Richtung seiner Gedanken: anfangs vorsichtig hatten sie ihn mit ihrer Wißbegier umsponnen, die ihm zuerst nur lüstern erschien, dann aber glaubte er Unverschämtheiten zu bemerken. Vielleicht hatte er zuviel gehört, vielleicht war es die landesinterne Paranoia, die hier förmlich in der Luft lag, er kannte sie zur Genüge; als er auf ihre ersten Fragen einsilbig reagierte, hatte er sie ungewollt ihrer Langeweile beraubt, und sie taten ihm nach und nach ihre Meinungen kund, die verstellt abschätzig waren, oder jedenfalls die sicheren Verhältnisse von Leuten, die stets ihre Pflicht getan hatten, gegenüber den unsicheren der *sogenannten Künstler* hervorkehrten. Er hatte, zu müde und zu faul, sich mit einer Lüge ihrem Interesse zu entziehen, auf eine Frage hin zugegeben, daß er sich mit Schriftstellerei befasse, und damit sofort die allgemeine Aufmerksamkeit auf sich gelenkt. Was er denn geschrieben habe, wollten sie natürlich wissen, und als er von *Gedichten* sprach, fragten sie ihn, von welchem Thema seine Gedichte handelten. – Darauf wisse er keine Antwort, denn ... er stockte; sehnlichst wünschte er sich Weimar herbei, doch war es bis dahin noch weit. Binnen kurzer Zeit wurde die Unterhaltung über seinen Kopf hinweg geführt, und eigentlich hätte er erleichtert sein können. Dennoch fühlte er sich verkrampft, seine Blicke irrten unnötig aufmerksam zwischen den Sprechenden umher; es war das gestelzte Gerede von Leuten, die sich nicht kannten, die aber plötzlich ein gemeinsames Thema hatten. Sehr schnell ging es um den Vergleich der Verdienstmöglichkeiten eines Schriftstellers mit denen *normaler* Berufe. – Er könne, sagte ein jüngerer Mann, ganz gut verzichten auf die sogenannten Freiräume eines Künstlers, er jedenfalls wisse, was er jeden Monat für seine Arbeit auf die Hand kriege ...

Indessen versuchte C., wenn auch längst nicht mehr im Mittelpunkt des Interesses, seinen steckengebliebenen Gedanken fortzuführen: Nein, er wisse keine Antwort. Weil Gedichte diejenigen Formen sind, die ihr Thema erst zu suchen anfangen, wenn sie niedergeschrieben werden, und dann ...

Dazu brauche man eben Phantasie, ganz klar, sagte ein älterer Mann, und die sei nicht jedem in dem Maß gegeben! Dabei lächelte er weise.

Sie lese auch viele Bücher, bekannte eine Dame, die sich von dem älteren Mann angesprochen fühlte. Aber von den meisten Gedichten verstehe sie nichts. Nur die Mundartgedichte in der Zeitung, die finde sie manchmal ganz schön.

Das kann jeder, behauptete der junge Mann; man wußte nicht, wem er damit widersprach. Das kann jeder! Da fragt man sich doch immer, wofür die ihr Geld kriegen! Einmal, das ist bestimmt schon mehr als zehn Jahre her, da habe ich ein paar Schriftsteller im Fernsehen gesehen. Es waren Lyriker! Sie machten dort einen Wettbewerb und sollten dort ein Gedicht über Chile dichten. In ein oder drei Minuten, glaube ich, oder in fünf, einfach so ins Mikrofon, denn damals war gerade die Sache mit dem Putsch, und das Wort *Chile* mußte mindestens einmal vorkommen. Oder es sollte mindestens dreimal vorkommen, das weiß ich nicht mehr. Das fand ich gar nicht so schlecht, sie sollen alle sehr bekannt gewesen sein, aber ich kannte sie natürlich nicht. Und dann fingen sie an, nach der Stoppuhr, und was sie sagten, hat sich nicht mal gereimt. Aber der Sieger hat, glaub ich, einen ganz guten Witz drauf gehabt ...

Also ich finde das überhaupt nicht witzig, mischte sich ein zweiter junger Mann ein. Also überhaupt nicht! Wer will denn noch was von Chile wissen, wer zahlt denn noch einen Heller für Chile ... Er hatte bisher geschwiegen, den Kopf zurückgelehnt, die Augen geschlossen, die verächtlich verzogenen Mundwinkel aber hatten erkennen lassen, daß er zuhörte.

Da wir uns nicht kennen, erwiderte der erste junge Mann, sag ich dir, wir zahlen vielleicht noch sehr viel für Chile, jetzt, wo sie da eine Wahl hatten. Sie hatten schließlich eine *richtige* Wahl in Chile! Außerdem habe ich gesagt, es ist zehn Jahre her, oder fünfzehn Jahre, was weiß ich. Allerdings weiß ich nicht mehr, was die Sieger damals abgefaßt haben, auf der Bühne. Aber es war natürlich leicht verdientes Geld ...

Es war derjenige, der irgendwann zuvor – C. glaubte sich dessen zu erinnern – von den Freiheiten *brotloser* Künstler gesprochen hatte, – es konnte sein, daß er sich all diese Sätze nur eingebildet hatte, daß sie ihm durch den Halbschlaf gerauscht waren, in den er irgendwann, trotz seiner gesprächigen Mitreisenden, gesunken war. Vielleicht auch waren all diese geträumten Sätze nur die Projektionen seiner Befürchtungen: Was erwartete ihn in jenem Teil des Landes, den er vor einem halben Jahrzehnt verlassen hatte? Man hatte ihn jetzt, zum ersten Mal seit seiner Ausreise, zu einer Lesung aus seinen Büchern eingeladen; und er wurde das Empfinden nicht los, die Reise habe unter schlechten Vorzeichen begonnen.

Er fuhr in ein Land, in dem es gärte und kochte – er war schon darin, er fuhr schon mitten durch das beständige Nachtdunkel dieses nicht mehr geheuren Landes, dessen Regierung nur noch seriell gestanzte Formeln von sich gab, die von nichts als Ignoranz zeugten, – sie konnte nicht mehr anders, diese herrschende Kaste, ihr Sprachvermögen war aufgebraucht. Und währenddessen waren die Botschaftsgebäude in Prag, Budapest, Warschau vollgestopft mit Leuten, die sich weigerten, nach Hause zurückzukehren. Allabendlich häuften sich auf dem Bildschirm die Meldungen über Protestdemonstrationen, Verhaftungen – sie verstärkten nur noch die Proteste –, über die Gründung immer neuer Widerstandsgruppen, die in nie dagewesener Offenheit auftraten, immer untrüglicher zeigten sich Ablösungserscheinungen in den sogenannten Blockparteien, immer öfter erhoben sich auch darin Stimmen, die dem regierenden Zentralkomitee die Unterstützung aufkündigten. – Seit über einem Jahr war er nicht mehr hier gewesen; inzwischen dünkte es ihm erstaunlich, wieviele auch jüngere Personen die Grenze, diese einst unüberschreitbare Grenze, passierten. C. gehörte zu den wenigen, die dieses Privileg schon seit einigen

Jahren in Anspruch nehmen durften, und stets hatte er sich des Reiseweges, den er jetzt benutzte, nur unter unguten Empfindungen bedient. Immer wieder hatte er in Eisenach die mißtrauischen Blicke der Zusteigenden auf sich zu spüren geglaubt, die bemerkt haben mußten, daß er schon vorher in dem Zug saß. So hatte er meist seine Flüge nach Berlin zu einem Besuch im Osten genutzt, denn dort ging der Grenzübertritt schneller und schmerzloser vonstatten: man tauchte, nach dem Durchqueren der ehemaligen U-Bahn-Tunnel, sozusagen anonym auf der Ostseite des Bahnhofs Friedrichstraße ans Licht.

C. suchte sich darauf zu besinnen, ob er vor den Fahrgästen in seinem Abteil, die in Weimar alle ausgestiegen waren, davon gesprochen hatte, daß seine Lesung für den Montagabend vereinbart sei ... die großen Demonstrationen in den Metropolen des Landes fanden immer an Montagen statt, dies hatten die Organisatoren der einzelnen Gruppierungen offenbar so festgelegt. Er fragte sich, ob er etwas davon mitkriegen werde, denn ausgerechnet am Montag sollte er seine Gedichte lesen. Er fragte sich, ob die Wahl dieses Termins ein Zufall gewesen sei ...

Im übrigen war es verständlich, daß jene mit einem Reisepaß ausgestatteten Privilegierten unter den Leuten des Landes immer mehr an Ansehen verloren. War es nicht so, daß eigentlich jeder von ihnen als ein der regierenden Partei freundlich gesonnener Zeitgenosse gelten mußte, oder zumindest als solcher – und gemeinhin schien dies unter Schriftstellern der Fall zu sein –, der sich durch diese Reiseerlaubnis hatte befrieden lassen? Dabei war es nebensächlich, in wie vielen Einzelfällen eine derartige Einschätzung vollkommen von den Schwierigkeiten absah, in die man als Schriftsteller, der auf Publikationsmöglichkeiten angewiesen war, hatte geraten können. Sehr bedeutend konnten diese Schwierigkeiten für einen *Schriftsteller* nicht sein, dachte man wohl. Und bestimmt lag man damit richtig! Ohne Zweifel hatte sich das Gesamtbild der Verhältnisse einem Punkt angenähert, an dem jedwede Erlaubnis – gleich welcher Art, gleich unter welchen Bedingungen – die man von der Regierung eines solchen Landes erhielt, einen widerwärtigen Kompromiß darstellte. Längst war die Lage so unauflöslich verfahren, daß man zugeben mußte, jene indifferente Volksmeinung war voll und ganz berechtigt. Man konnte sagen, es sei an der Zeit, daß die Unterprivilegierten zu hassen begannen: und daß sie die Privilegierten links liegen ließen ... wenn sie keine Lust verspürten, sie anzuspucken. – Und in diesem Land war er auf dem Weg durch die Nacht.

Irgendwann war er dennoch eingeschlafen, – nur für Minuten, glaubte er; als er die Augen wieder öffnete, kam das Morgengrauen herauf. Der Zug bewegte sich endlich ruhiger, in gemächlicher Fahrt rollte er einem verhangenen Tag entgegen, dessen Trübnis jedoch nur als eine Entfärbung der Dunkelheit erschien. Vor den Waggonfenstern strebten mit Gras und Gebüsch überwachsene Böschungen auseinander, der Zug schob sich langsam auf eine Ebene hinauf; Straßen ohne Verkehr wurden sichtbar, Felder, zum Teil schon abgeerntet, Gehöfte und kleine unansehnliche Siedlungen, menschenleer und auf ungewisse Art bankerott wirkend, mit Parkplätzen voller Landmaschinen an den Rändern wirrer Häusergruppen, die wie Ansammlungen von Schrott und Schutt aussahen. Dann tauchten verstreut Industrieanlagen in der Landschaft auf, umgeben von Gemäuer, dessen Reste abschüssig, gleich verfaulenden Gebissen, in die Erde eingingen oder sich den dahinter liegenden Kohlehaufen anglichen. Bahnhöfe, die den Eindruck jahrelanger Vergessenheit machten, zogen blöde vorbei. Still und gleichmäßig grau dehnte sich der Himmel über dem Land; darunter kroch der Zug dahin, in jedem Moment erwartete man das völlige Verstummen der Fahrtgeräusche. Nun hielt man auch schon; langgezogenes Quietschen und dumpfe Stöße setzten sich durch die Waggonreihe fort, weit schienen sie durch das Gelände zu hallen und wurden von dem Himmel verschluckt, der nun eher ein schmutziges Weiß war. Lange, deprimierend lange und offenbar völlig grundlos schien der Zug zu stehen, – vielleicht aber währte auch dies nur Minuten; dann ging es weiter, in schnellerem Tempo jetzt, doch wieder unstet, ruckartig, als müsse gleich wieder gehalten werden; aber der Zug fuhr, daß seine Geschwindigkeit stieg, war an dem rostigen zweiten Gleis abzulesen, das neben der Strecke herlief; sichtlich war es ein schon lange nicht mehr benutztes Gleis, Unkraut und Gras standen zwischen den Schienen, und je länger C. in dieses unter ihm hinwegfliehende Gleis starrte, um so öfter dünkte ihm, daß das Gras dort unten schwarz war. – Der Himmel zog sich über das Land wie ein grell-grauer, stark überbelichteter Film, der auf eine Leinwand von unendlichen Ausmaßen projiziert war; einige Vögel nur, schwarze Partikel, die in wirren Figuren taumelten, streiften hindurch; oder der Film wurde für Augenblicke von kaum wahrnehmbar schwingenden Leitungsdrähten geschnitten.

Wenn man den Blick aus diesem Himmel herabsenkte, war das Gras in dem mitlaufenden Nebengleis schwarz – vielleicht war es von Maschinenöl verunreinigt oder es war von Flammen versengt worden –, schwarz fegte es vorüber, schwarz oder entfärbt, verschwelt unter dem farblosen Spätsommerhimmel, der vor Müdigkeit brannte. – Schwarz ... schwarz ... schwarz, zählte C. die hart und monoton heraufklingenden Schienenstöße, die Stirn brennend vor Ermüdung und an die rhythmisch erschütterte Glasscheibe gelehnt. Und er schlief wieder ein, im Schlaf, den er mehr als einen Schlaf träumte, die Schienenschläge zählend, die sich bis hinter seine Stirn fortsetzten: Schwarzes Gras ... schwarzes schwarzes Gras ... schwarzes schwarzes schwarzes Gras ... drinnen saß ein Has ... drinnen saß ein toter Has und fraß das Gras ... schwarzer Has ... fraß das schwarze schwarze Gras ... schwarzes Gras ...

2 Als er zu Hause ankam, stand er vor der verschlossenen Tür und mußte feststellen, daß er vergessen hatte, seinen Wohnungsschlüssel mit auf die Reise zu nehmen. Vergeblich suchte er sich bemerk-

bar zu machen, klopfte laut und rief durch den Briefschlitz in der Tür nach seiner Mutter. Ergebnislos hörte er seine Stimme durch die Räume hallen, alle Zwischentüren schienen offen zu stehen; ein Gefühl sagte ihm sofort, daß die Wohnung leer war. Der Entlüftung halber pflegte seine Mutter die Türen geöffnet zu lassen, wenn sie für länger abwesend war; er konnte durch den Briefschlitz bis in die dämmrige Küche sehen. Noch mehrmals vergeblich, resigniert schon, rief er und schlug gegen die Tür; zu dumm, daß er sich nicht besser mit ihr abgesprochen hatte: sie war offenbar, was des öfteren vorkam, zu ihrer Schwester nach Jena gefahren. – Er ließ die Reisetasche im Treppenhaus stehen und ging auf die Straße hinaus, die vollkommen menschenleer war.

Es war Sonntag, der 10. September, soviel wußte er. Und es war morgens zwischen acht und neun, als er ziellos durch die Straßen wanderte. Es hätte sich von selbst verstanden, wenn an einem Sonntagmorgen zu solcher Stunde in diesen fast nur von Arbeiterfamilien bewohnten Straßen nicht viele Leute anzutreffen gewesen wären, daß er aber nicht einen einzigen Menschen sah, erschien ihm nach einer Weile sonderbar. Keine Bewegung war in den Straßen, kein Fahrzeug fuhr, kein Lebenszeichen drang aus den Häusern. – Es war ihm schon seltsam vorgekommen, so fiel ihm jetzt ein, daß ab G., der letzten Station seiner Bahnreise, der Bus nicht verkehrte, dessen Abfahrtszeit er sicher in seinem Gedächtnis verwahrt geglaubt hatte: entweder lag es am Wochenende, oder die Anzahl der zu befahrenden Linien war schon wieder geschrumpft worden; solches ließ sich auf den Fahrplänen der vergangenen Jahre immer öfter ablesen. Wie durch ein Wunder hatte er ein Taxi aufgespürt und, ein weiteres Wunder, der Fahrer nickte gelassen, als ihm eine Strecke von mehr als zwanzig Kilometern zugemutet wurde. Es war ein stur schweigender, starr nach vorn blickender Chauffeur, der den Wagen mit rücksichtslos überhöhter Geschwindigkeit über die kurvenreichen, zum Glück leeren Landstraßen jagte. C. zahlte, vor seinem Haus angekommen, dem noch immer stummen Mann den größten Teil seines noch verfügbaren Ostgeldes auf die Hand; der Taxifahrer startete und raste grußlos davon, in halsbrecherischem Tempo, als sei er auf der Flucht hinaus aus dieser leblosen Stadt.

Tatsächlich, es gab in keiner der Straßen das geringste Anzeichen von Leben. Manche der Fenster im ersten Stock der Häuser standen spaltbreit offen, unbeweglich und bleich hingen die Gardinen nieder, viele davon in der steingrauen Farbe alter Stoffe, die ihre ursprüngliche Substanz nicht mehr auf den ersten Blick erkennen ließen. Hinter ihnen war Schatten, in dem sich nichts rührte; alles sah aus, als sei es im Begriff, langsam, innen und außen, zu ein- und derselben undurchdringlichen Masse zu werden. Die Zeit schritt fort, die Straßen indessen – jede, die er durchwanderte – behielten ihren erstorbenen Eindruck bei: überall Stille, Erloschenheit. – Es mußte an seinem Kopf liegen ... er allein war die Stätte dieses leblosen Zustands! Dabei wandelte er wie durch Bilder der Erinnerung, die ihre Herkunft ebenfalls in seinem Kopf hatten; überscharf traten die Fassaden seiner vergangenen Jahre vor den weißen Himmel, jeden Winkel dieser Straßen kannte er, immer wieder hatte er, in dauernder Angst, auch nur das kleinste Detail dieser Ortschaft zu vergessen, sich bis zum Überdruß erinnert, an jeden Platz, an jede Biegung dieser grob gepflasterten Gänge zwischen den Gebäudezeilen ... in der Tat, er hatte sich zu Tode erinnert, seine Erinnerung an diese Winkel hatte deren Wirklichkeit ausgelöscht. Jedesmal, wenn er wieder in eine Seitenstraße einbog, war er darauf gefaßt, daß die gleichförmig schwarzgrauen Fassaden ... sie wirkten wie herausgestochen aus dem blendenden Hintergrund des Himmels ... sich nach kurzem Wegstück auflösten, um nahtlos einzugehen in das farblose Nichts des Raums, der sie umgab. Und er wünschte sich fast das Ende und die völlige Auflösung dieser Stadt. Aber die Straßen und Gassen reihten sich weiter, längst hatte er die meisten davon schon mehrfach durchschritten, zwei-, dreimal schon war er wieder an dem Haus vorbeigekommen, in dem er gewohnt hatte; er hatte es nicht beachtet, es hatte sich ebenso nahtlos jenem Monstrum eingefügt, das er seine Erinnerung nannte; und wahrscheinlich hatte er an diesem Vormittag schon die meisten Jahre dieser Erinnerung durchquert. Und das Ungeheuer dieser Kleinstadt – es war in Wirklichkeit auf kaum einer Landkarte zu finden – war ihm in all diesen Jahren wie eine Erinnerung ohne Leben erschienen.

Endlich erreichte er den Stadtausgang; er ging voran, immer schleppender und längst gehüllt in einen dichten Mantel aus Müdigkeit; so wanderte er weiter, als habe er gar keine andere Möglichkeit. Irgendwann war das Straßenpflaster unter Staub und zerstampftem Schlamm versunken; die Felder, seit unbekannten Zeiten brach liegend, waren über die Straße hinweg gedriftet, die Wildnis holte sich das unbeachtete Menschenwerk zurück. Bald endeten auch die kleineren Wege inmitten von Gesträuch und Gras; C. schien es überhaupt nicht bemerkt zu haben und ging über dem Acker weiter; seit einer Weile schon zog sich neben ihm das Ungetüm einer Rohrleitung hin, der er gedankenlos gefolgt war. Die Leitung wurde in Kopfhöhe über dem Boden und in regelmäßigen Abständen von eisernen Böcken auf Betonsockeln getragen, weit vor ihm verlor sich das Rohr dort, wo sich dunkel der Waldrand anzeichnete. – Wenn er zur Stadt zurückschaute, sah er auf die Hinterseiten der Wohnblocks an der Stadtgrenze, die einen noch wüsteren Eindruck machten als ihre Vorderfronten in den Straßen: es war, als ob sie ihn von hier aus an eine noch frühere Zeit erinnerten; von hier aus erschien es – bei aller Verwahrlosung und Trauer, die von ihnen ausging – noch glaubhaft, daß diese Häuser bewohnt waren.

Auch diese Gegend kannte er, auch ihrer hatte er sich bis in die Träume erinnert, dennoch war er bis zu dieser Stelle hier unten an der Rohrleitung wahrscheinlich seit zwanzig Jahren nicht vorgedrungen. Er befand sich jetzt in der letzten Phase seiner Jugend, er war eigentlich schon ein paar Jahre über seine langanhaltende Jugend hinausgewachsen: damals hatte es die Rohrleitung noch nicht gegeben, es hatten sich von hier aus Gärten und kleine Felder mit Getreide und Kartoffeln bis zum Waldrand erstreckt. Einige Überbleibsel dieser Gartenanlagen waren noch jetzt am Stadtrand zu sehen; sie schlossen sich den Rückseiten der Häuser an und bedeckten die Flanke eines sich absenkenden Geländes. C. blickte auf ein Wirrwarr armseliger, chaotisch ineinander gewürfelter Parzellen, bestückt mit Holz- oder Steinhütten, halbfertigen Schuppen aus Wellblech, windschiefen Ställen oder Remisen, alles in so unübersichtlichem Durcheinander, daß nicht zu erkennen war, was die Zäune, Mauerstücke, Drahtgeflechte trennen sollten, eher schien sich alles mit allem zu verbinden und zu vermischen. Mitten durch das Ganze stieß das riesenhafte Stahlrohr – sein Zweck war es, einige Industriebetriebe in der Stadt mit Ferndampf aus einem der nächsten Kraftwerke zu versorgen – in Richtung der Häuser vor; wo es diese erreichte, bog es sich, ganz der staunenerregende Fremdkörper aus einer Zukunftswelt, in den Spalt zwischen zwei Gebäuden, wo es verschwand. Aber auch dieses futuristische Ungeheuer war der allgemeinen Verrottung nicht entgangen, die Isolierung, die die stählerne Schlange umhüllte, war an vielen Stellen abgeplatzt und lag in Fetzen, die sich über die Gärten verstreut hatten. Die Glaswolle, die versetzt war mit längst verwitternder Gipsmasse, hatte sich in den Zäunen verfangen, lag über die Mauern und Schuppendächer gesät, sie hing, absonderlichen Riesenblüten gleich, von Bäumen und Sträuchern, und ihre Klumpen säumten an vielen Stellen die Wegränder, wo sie wie

Barren von Eis oder Schnee aussahen, die seit langem alle Sommer überstanden hatten.

So saßen also auch noch diese Bilder in ihm fest, untilgbar wie es schien: verkrustete, verschmutzte Ablagerungen am Fuß seiner Erinnerungsgemäuer, auch sie den Resten von altem Schnee gleichend, die nicht mehr schmelzen wollten. – Und er nahm auch diese Bilder noch mit auf seinen Weg, den er fortsetzte, fühllos vor Müdigkeit, aber seltsam mühelos inzwischen, unfähig anzuhalten oder umzukehren, unfähig anderes wahrzunehmen, als seine Erinnerungen ... oder das noch, was ihm diese Erinnerungen zu vervollständigen schien ... unter dem gleichförmigen Schein des Himmels, der über ihm war und vor ihm, und so war er endlich bis zu dem Waldrand emporgestiegen, der auf einer Anhöhe begann.

Er blickte noch einmal durch das kleine Tal zurück, im nächsten Moment hatte er die Stadt aus den Augen verloren. Sofort hatte er den kaum noch sichtbaren Eingang zwischen den Bäumen gefunden; er erkannte ihn wieder, obwohl er fast zugewachsen war; er war hier so oft eingetreten, daß er den Pfad, der unter das Laubdach führte, mit geschlossenen Lidern hätte finden können. Kaum bemerkbar schlang sich das schmale Band eines Weges durch das Unterholz, es war um ihn sofort ein lautloses Halbdunkel. Der Pfad wand sich vorbei an dicken Baumgruppen, wich niedergebrochenen Stämmen aus, die schon vermodert waren, umging wassergefüllte Senken, die versumpft waren, wo man in Schilfdickicht und hohem Gras, in den Dunstwolken darüber, leicht fehltreten konnte. Doch C. bewegte sich mit der Sicherheit eines Schlafwandlers und wich dem nassen Untergrund aus, ohne daß er es erst hätte bedenken müssen. Sanft stieg der Pfad an, es wurde trockener, noch folgten ihm sumpfige Dämpfe nach, es war feuchtwarm in der Dämmerung unter dem Laubtunnel; das Leuchten des Himmels drang nicht mehr herein. Und seine Augen waren nun wirklich geschlossen, er spürte seine Schritte nicht mehr, die unhörbar blieben auf den nachgiebigen Lagen des Laubteppichs unter ihm, die Luft war ohne Bewegung und schwer, ihr Druck schien ein feines Schwirren in seinem Gehör zu erzeugen, gleichmäßig und unablässig schwingend wie ein Sieden, das allerorts aus dem grünen Schaum kam, aus Dickicht und Dampf, und nicht mehr abriß, aber auch nicht stärker wurde. Und er war jetzt in seiner Kindheit angekommen, seine Schritte, ohne Geräusch und weich und knochenlos, waren sicherer und gewandter denn je. Oben am Ende des Pfads – er hatte es vorhergewußt – trat er auf eine große Lichtung hinaus. Hier leuchtete wieder der tiefe, farblos-helle Himmel über ihm, es war der leere teilnahmslose Himmel seiner Kindheit, gesammelt brannte er sein Licht ab über der großen freien Stelle, wo es nur ein paar alte ausladende Eichen gab, und sonst nur das gewellte, waldumsäumte Fluten von Gras, – hüfthoch war es in seiner Kindheit gewesen, dunkelgrün, und alle Wärme aus dem Himmel in seinem Rund bewahrend. Hier ließ sich C. in den Schatten des nächststehenden der Eichbäume fallen und war im nächsten Augenblick eingeschlafen.

3 Am Nachmittag wachte er wieder auf: es war zu vermuten, daß es später Nachmittag war. – Der Himmel, in den er blickte, als er sich auf den Rücken wälzte – denn er hatte zusammengekrümmt auf der Seite geschlafen; sitzend gleichsam, als sei er noch immer in dem Eisenbahnabteil – dieser Himmel war im Zenith unverändert hellgrau, beinahe weiß, undurchsichtig und reglos. Jeder Faden, den er am Leib hatte, war, so schien ihm, von Schweiß durchtränkt worden, wieder getrocknet, noch einmal durchtränkt, der Kleiderstoff war an einigen Stellen steif geworden und durchsetzt mit dem Salz, das seine Poren abgesondert hatten. Es war ihm, als habe er ein Fieber überwunden, sein Kopf war so klar und nüchtern wie seit Tagen nicht mehr. Vielleicht aber war es um Mittag herum nur ungewöhnlich heiß gewesen, die Sonne – er erinnerte sich an die Heftigkeit ihrer plötzlichen Durchbrüche aus der Kindheit – war vielleicht durch den Dunst gebrochen und hatte sich entblößt ... jetzt war das Firmament wieder bedeckt; es schien auf den Abend zuzugehen. – Es habe ihm, so bildete er sich ein, als er auf der Seite liegend die Augen aufschlug, ein Tier ins Gesicht gestarrt, irgendein Waldkaninchen, ein dürres räudiges Ungeheuer mit schmutzigem Fell und blöden, dunkelbraunen Sumpfaugen, ein offenbar krankes Tier, das ihm aus Lethargie so nahe gekommen war ... oder war dies ebenfalls eine Erinnerung aus seinen Kindertagen? Es schauderte ihm; er erhob sich und begann nach Orientierung zu suchen. – Es fiel ihm die Schriftstellerlesung ein, die er ausgemacht hatte; minutenlang

war er von Panik beherrscht und suchte sich vergeblich zu besinnen, welcher Tag es war. Die Lesung war für den Montagabend festgesetzt, in L., in der Bezirkshauptstadt, eigentlich war es bis dorthin nicht sehr weit, nur gab es keine günstigen Verkehrsverbindungen, – jetzt erinnerte er sich seiner Eisenbahnreise, der verschlossenen Wohnungstür und des fehlenden Schlüssels; die lange Nachtfahrt hatte ihn zermürbt – er war zu alt für derartige Strapazen – und todmüde war er hier auf der Waldlichtung in den Schlaf gefallen: es konnte erst Sonntagnachmittag sein!

Nervös ging er einige Schritte im Kreis: wo war er eigentlich? – Seine Kniegelenke fühlten sich noch weich an, alle Knochen schmerzten ihm vom langen krummen Liegen auf dem unebenen Grasboden ... früher habe es ihm nichts ausgemacht, dachte er, diese Zeit war vorbei. – Wann früher? Wovon sprach er eigentlich, von welcher unmöglichen Zeit, und von wem sprach er?

Das Gras, in dem er gelegen hatte, war schon wieder aufgerichtet, zäh und unverwüstlich hatte es, kaum daß es seine Last losgeworden war, die Halme wieder ins Licht gestreckt. Schon fand er nicht mehr zurück zu der Stelle, wo er gelegen hatte; das Gras glänzte schon wieder und ergab sich dem Tag, als hätte nie ein Schatten es belastet. Und es schien zu wispern in der Windstille, ohne Unterlaß schien es zu wachsen, auf unbestimmte Art geräuschvoll, und eilig regenerierte es sich, überwand jedes Hindernis, schloß sich schnell über jedem Loch in dem federnden Waldboden. Und es trieb selbst unter Erdschollen und Gestein wieder hervor, unter allem, von dem es zufällig begraben wurde, und es wuchs jeden Hügel empor und umsproß jeden Gegenstand, umrankte jede Form und Figur und deckte eines Tages alles zu. Zeitig in jedem Frühjahr stand es auf, ertrug die glutende Schwere des Sommers, wehrte sich lange gegen den Herbst, so lange es ging, und sprengte vielleicht schon die späten Schneekrusten am Ende des Winters. Und es trug scheinbar leicht an den Jahren, die durch sein Gewoge strömten, widerstand den Wirren und Vergeblichkeiten der Zeit, seine feinen Wurzeln entzogen sich vielleicht sogar dem Feuer und stießen im Frühjahr neu aus den verschwelten Flächen, und züngelten grün und unversehrt hervor. Alle Geschöpfe über ihm, Mensch und Tier, alterten und beugten sich in die Flut der Jahre, – das Gras aber wurde nicht eigentlich alt: es ergraute, verdorrte, brach zusammen, doch nur, um aus demselben Platz, aus denselben Wurzeln wieder hervorzusteigen, und um so ungezügelter am Ort seines Vorübergehens zu grünen.

Als C. sich zum Gehen wandte, wußte er, warum er hier alles so genau wiedererkannt hatte ... und dennoch den Weg aus der Lichtung heraus nicht sofort finden wollte und noch einige Male im Kreis irrte. Jener kleine Fleck war es, auf dem er gelegen hatte, mit dem Leib beinahe eine kaum merkliche Bodenerhebung umschlingend, der ihm so unzweifelhaft angehörte. Dieser Fleck war es, dem er verbunden war wie sonst keinem zweiten Ort, dem er körperlich und atmosphärisch verbunden war, als sei er hier einst verwurzelt gewesen. Und ganz ohne Bewußtsein hatte er ihn vor Mittag aufgespürt: der Zufall – ein vergessener oder verlorener Schlüssel – hatte ihn geleitet und gedankenlos an diesen Platz geführt, den er vor langen, langen Jahren ebenso unbedacht verlassen hatte. – Ja, er hatte sich damals von hier davongemacht, weil er glaubte, eine Figur werden zu müssen, eine Rolle spielen zu können, – wahrscheinlich hatte er sich nicht so deutlich ausgedrückt, doch im Grunde war dies seine Absicht gewesen. Nun hatten ihn Erschöpfung und Überdruß die alte Stelle wiederfinden lassen, wo er ohne Bedenken müde sein durfte. Gedankenlos müde, wie er nicht mehr geglaubt hatte sein zu dürfen, seit ungezählten Jahren, und nicht mehr zu können, seit er seine Rolle für sich in Anspruch nahm: sie war eine Art Statistenrolle im Repertoiretheater des gesellschaftlichen Überbaus. Dies hatte er erreicht: das hinlänglich geduldete Versatzstück zu sein zweier verschieden impotenter *Leseländer*, wo er dauernd auf der Hut sein mußte, daß die Lust an ihm in einem der beiden nicht erlahmte, – weder hier noch da, in den beiden pervertierenden Ersatzkulturen, die sich doch nur wechselseitig abstützten, wie zwei Krüppel, die mit den blutunterlaufenen Fressen gegeneinander gefallen waren.

Wie sollte er das Ganze noch lange aushalten, in diesem Maß von Müdigkeit, das ihm, in seiner sonderbaren Mitte, von zwei Seiten zufloß? Und wie sollte er es überhaupt über sich bringen, seine ausweichenden Gedichte vorzulesen, am Montag, – vorausgesetzt, er hatte diesen Tag noch nicht versäumt, vorausgesetzt also, er hatte nicht den ganzen Sonntag, die Nacht darauf und den halben Montag hier im Gras verschlafen. – Ausgerechnet für einen Montag war er zu dieser Lesung eingeladen worden – sehr kurzfristig übrigens –, wo doch an jedem Montag die inzwischen berühmten Demonstrationen stattfanden. Der Montag – niemand, der es nicht wissen konnte, jeder sprach nur noch davon, es war von den Medien in aller Welt verbreitet worden – war den Kundgebungen der *Opposition* vorbehalten, und diese waren in allen größeren Städten des Landes längst zu festen Einrichtungen geworden. – Wer hatte ihn überhaupt für den Montag eingeladen? Jemand von der Stadtverwaltung von L., irgendwer von der Abteilung Kultur aus dem Rathaus; er hatte den Namen dieses Herrn noch nie gehört. Und aller Wahrscheinlichkeit nach hatte er sich noch geschmeichelt gefühlt, von einem so dringlichen Interesse an seiner Lyrik! Was war das für eine dunkle Geschichte?

Nun gut, dann würde er also, falls es noch nicht Montag war, als Leichnam an ihrem Tisch sitzen und Gedichte vorlesen. Und hintennach, so war es doch üblich, einen Blumenstrauß in Empfang nehmen, und den ganzen Rest des Abends nicht wissen, wohin mit den Blumen, die es für normale Leute vielleicht in ganz L. nicht zu kaufen gab. – Nein, es war erst September, und zu dieser Jahreszeit gab es noch Blumen. Alles Wachstum war noch auf dem Höhepunkt, und kurz vor dem Zusammenbruch, und die Innenstädte leuchteten in einer Fülle von Blumen. Vor dem Bahnhof spiegelten sie sich in dem nassen Betonpflaster, und hinter den aufgereihten Eimern und Körben voller Blumen hockten, in sich hineingeduckt, auf Klappstühlen die Verkäufer; stumm, die Blicke nach links und rechts werfend, waren sie stets auf dem Sprung, zu verschwinden. – Dann, wenn sich rotgelb die Lampen entflammten über den breiten, unbelebten Boulevards, kamen sie – von allen Enden aus dem Netz der Seitenstraßen huschend, hinter dem Bahnhof hervor, und aus den Cafés, die den Fußgängerbezirk säumten, aus den Fußgängertunnels hervor; und aus allen entlegenen Vierteln der in allen Himmelsrichtungen düsteren Stadt; und sie lösten sich aus den Hauseingängen und aus dem Dunkel der Wände, und sie tauchten aus den längst schattenhaft gewordenen Parkanlagen in der Stadtmitte auf, und sie schwärmten aus den Betongevierten der Höfe, die von den Universitätsgebäuden umschlossen waren, und unablässig aus dem Dämmerbraun der Arkaden hervor, und zu den Bahnhofseingängen heraus, und aus den einfahrenden Zügen strömten sie auf die Bahnsteige – und liefen schweigend und entschlossen zusammen, und sammelten sich schnell und wortlos und begannen ihren düsteren und schwerfüßigen Marsch in mehrfachen Runden um den großen Innenstadtring … während winzige abwesende Gruppen ihnen zuschauten, die aussahen wie Saalordner, oben auf den Fußgängerbrücken, auf den Emporen über dem riesenhaften Stadtraum, und herabblickten auf das immer breitere, unfaßliche Meer von Köpfen unter ihnen … bis die Nacht in aller Schwärze hereingebrochen war, und die Lampen in der Stadt wieder ausgingen, und die Schriftzüge auf den Schildern und Transparenten nicht mehr zu lesen waren, die nur noch einen unaufhaltsam vorwärts wandernden Wald bildeten, – an dessen Rand der violette Schein wirbelte, der von den Warnleuchten einiger Polizeifahrzeuge ausging.

War es an einem solchen Abend möglich, mitten in dieser Stadt in einem verdunkelten Raum zu sitzen und Gedichte vorzulesen? Auf einem Podium vor leeren Stühlen, die Papierbögen mit den kaum leserlichen Zeilen in den Lichtkegel der Tischlampe zu tauchen und mit hohler Stimme die Verse eines Verschollenen zu zitieren. – Kaum daß die Worte bis zu den vereinzelten dunklen Figuren vorstoßen, die an der Rückwand des Raumes lehnen, wo von ihnen nur das hastige Aufglimmen der Zigarettenglut zu bemerken ist. – Er fragte sich, ob sie Hüte und Mäntel trugen, dort im Schatten der gegenüberliegenden Wand ... was konnten sie wissen, von wem diese Gedichtzeilen sprachen?

Sie sprachen von einem, der vor vielen Jahren schon, in seiner Kindheit schon, vom Weg abgekommen war. Damals hatte er sich in diesem Wald verloren und war nie wieder erschienen. Nie wieder war er aufgetaucht unter denen, die in dem Wald ein- und ausgingen. Und es war jetzt ein entfernter Wald, den niemand mehr betrat, und älter und weiter zurück, als irgendwer zu bedenken wagte. Dort in diesem Wald, weit hinten in vergessenen und vernachlässigten Regionen, in rückständigen Provinzen, hinter

Ebenen, denen kein Horizont nahte, inmitten einer Lichtung in diesem Wald unter einem weißfarbenen Himmel, dort lag er, bedeckt von lockerer Erde, und aus dieser sproß ein hüfthohes weiches Gras. Vielleicht war er immer in anderen Erscheinungen durch die Welt gegangen ... er hatte es vergessen, und er selbst war vergessen seit jenen unwiederholbaren Tagen, – seit über seiner Brust das starke und immer wache Gras begonnen hatte zu wachsen. Und es hatte zu fluten begonnen um seine junge Gestalt, und sich zu wiederholen in zahllosen Wellen, das grüne grüne Gras, das immer wieder auferstand im Hingang so vieler Jahre.

1992

Die elfte These über Feuerbach

Immer wieder abgelenkt von Umleitungsschildern, die vor den immer dichter sich reihenden Straßenaufrissen aufgestellt waren und auf verwirrende Umwege wiesen ... vom Westen her wurde die Stadt von Baustellen förmlich aufgerollt, so schien es; und noch in der Finsternis glaubte man die lehmgelben Dünste aus den Gräben kochen zu sehen, so stark war das Gewitter ... war das Taxi schließlich auf den Innenstadtring geraten, wo es nur noch vorwärts ging, wo der Kreisverkehr den Wagen nicht mehr freigab. Das Fahrzeug, umsprüht von einer Wasserwolke, lag in einer unaufhörlichen Linkskurve; das Unwetter ließ endlich nach. Auf der rechten Seite huschten dunkle schwerfällige Gebäude vorbei, die komplizierten Fassaden von der Regentrübnis verschliffen und unansehnlich. In der warmen Nässe schienen sie den Brodem ihrer Trauer auszubrüten; die schrillen Seufzer der nagelneuen Autoreifen brachen sich in ihren Nischen und prallten zurück; die ursprünglichen Leuchtbuchstaben der Gebäudefronten waren ausgegangen und erkaltet, die grellen Farben neuer Lettern gossen ihren Widerschein über die von Ruß und Rauch überspülten Wände ... schon wußte kaum noch wer, was einst das Haus der DSF gewesen war, und schon waren auch die neuen Botschaften der Reklamen in den Köpfen zu unverständlichem Rotwelsch geworden, das man mit kaum einem Blick noch streifte. – Für den Fahrer waren allein die Nachrichten maßgebend, welche, doppelt, öfters dreifach sich überlagernd, und zum Bersten voller sich widersprechender Informationen – zumeist einer weiblichen und zweier männlichen Stimmen –, aus der Sprechanlage unter dem Armaturenbrett hervortönten, von Gekicher und Hustenanfällen unterbrochen, oder manchmal von ziellos ins Wageninnere gellenden Grußformeln – unbekannt ihre Absender, unbekannt ihre Adressaten –, so heftig, daß W. immer wieder erschrocken zusammenfuhr und seine eigenen Erklärungen abbrach, mit denen er die halblaute Radiomusik und das Knirschen ferner Gewitterschläge in der Lautsprecheratmosphäre der Stereoanlage zu übertönen suchte, seine Erklärungsversuche der immer unklarer werdenden Fahrtstrecke ... und die wilden Grüße, ausbrechend aus diesem Cockpit von Lärm, verzogen sich mit unmelodischem Singsang und Gelächter und schwangen sich durch die halboffenen Hinterfenster hinaus: Tschüß ... Ciao ... Good bye! Tschüß ... Adieu ... Proschtschaj! Tschüß ... Tschüß ... und vorbei.

Das Taxi war längst vom Ring abgebogen und suchte nach Süden vorzustoßen. Dabei geriet es auf einen Platz mit Grünanlagen und in Bedrängnis durch Einbahnstraßen, Bauwagen und Reihen parkender Autos, schäumend ruderte es um einige überschwemmte

Kurven, gab das Vorwärtsfahren plötzlich auf und jagte im Rückwärtsgang eine lange Strecke abwärts, schwindelerregend, bis es in eine Straße mit baumbestandenem Mittelstreifen einfuhr – W. glaubte sie noch als die August-Bebel-Straße zu kennen –, stoppte, einen Augenblick verharrte, um dann wieder geradeaus zu rasen; allerdings erneut auf das Stadtzentrum zu. – Wir müssen so bald wie möglich nach rechts, sagte W. vorsichtig, wir müssen nach Süden und dort aus der Stadt hinaus. Wenn möglich sollten wir auf der Liebknecht nach rechts, vielleicht also die Kurt-Eisner-Straße hinauf ... heißt die überhaupt noch so?

W. hatte den Eindruck, das Taxi sei nie an der Kurt-Eisner-Straße vorbeigefahren. Seiner Ansicht nach waren sie schon in der Dufourstraße ... sie hielten wieder auf die Universität zu, die wie eine ungleichmäßig abbrennende Zigarre in den schwarzblauen, rötlich unterglühten Nachthimmel ragte. – Die ... ja! hatte der Fahrer vor einer Weile gesagt; unverdrossen beschleunigte er den Wagen – wieder auf dem Ring – und neigte das Gehör tief in den Redefluß der Sprechanlage, mit der linken Hand steuerte er, mit der rechten schwenkte er das Mikrophon ohne Unterlaß gegen den Mund, um ganze Serien neuer Straßennamen zu erfragen, oft genug mit schreiender Stimme ... kurz vor dem Hauptpostamt hielt er den Wagen am Ende eines Schwungs nasser und blitzender Fahrzeuge an; weiter vorn leuchtete eine rote Ampel. Die gesamte Fahrbahn schien unter dem Dröhnen einer Vielzahl gezügelter Motoren zu erbeben; als das grüne Signal kam, heulte die Autokolonne davon ... der Taxifahrer aber hielt sich zurück und steuerte an der Ampel nach rechts. – Die ja! rief er, als sei er irgendeinem längst verschollenen Ohr eine Antwort schuldig, die ja! Hab ichs nicht gesagt, daß wir erst nach Markkleeberg raus müssen, hab ichs denn nicht gesagt? – Nach rechts! wollte W. dazwischenrufen, doch er sah, daß das Taxi die richtige Wendung schon von selbst vollführte. Dann ratterte es über holprig gepflasterte Industriestraßen, durch immer dunkler und leerer erscheinende Gegenden, auf die südlichen Vorstädte zu.

Am Abend hatte W. eine Freundin besucht, die in einem westlich gelegenen Viertel wohnte; lange hatte er geschwankt, sie zu fragen, ob er bei ihr übernachten könne: die Veranstaltung, um derentwillen er in der Stadt war, sollte erst am Abend des nächsten Tages stattfinden, es war besser, wenn er bei sich zu Hause seine Gedanken in Ruhe zu sammeln versuchte ... plötzlich war ihm nur noch eine halbe Stunde Zeit geblieben, den letzten Zug zu erreichen, mit dem er Leipzig verlassen konnte. Und draußen mußte er sehen, daß wegen der allgegenwärtigen Ausschachtungsarbeiten die Straßenbahnhaltestellen aufgehoben und verlegt waren, die Busse des Schienenersatzverkehrs fuhren in versteckten, nirgendwo angeschriebenen Zweigstraßen ab. Er hatte Ausschau gehalten nach einem Taxi, die Minuten waren verstrichen ... als er einsah, daß er seinen Zug nicht mehr erreichen konnte, entschied er sich für das Übernachten bei der Freundin, auf dem Weg dorthin brach das Gewitter los, das sich während des ganzen Abends angekündigt hatte. Er hatte sich in einen Hauseingang gerettet; durch die niederstürzenden Wassermassen sah er die gelbe Dachleuchte eines Taxis heranschwimmen, das auf sein wütendes Winken tatsächlich reagierte. – Nach M., sagte er zu dem Fahrer, erstaunt blickte ihm ein junger Mann entgegen, mit rötlichem Stoppelbart auf Kinn und Wangen; er schien ihn nicht verstanden zu haben. In der im Wageninnern noch vom Nachmittag her aufgespeicherten Hitze trug er nur ein ärmelloses Trikothemd, das völlig verschwitzt war, hellgrün oder gelb, mit einem Buchstabenaufdruck auf der Brust, der nicht zu erkennen war. – M., wiederholte W., wissen Sie, wo das liegt? Ungefähr vierzig Kilometer südlich, eine Kleinstadt ... – Ich habs schon gehört, sagte der Fahrer, wir werden es schon finden. Aber es kann achtzig oder hundert Mark kosten.

Mit einem Preis in dieser Höhe hatte W. gerechnet, er lag nur wenig unter dem Betrag, den er bei sich trug; dennoch war er froh, in dem Auto zu sitzen, das nun von wahren Regenfluten überspült war. Der Fahrer starrte mißtrauisch in das auf die Frontscheibe schießende Wasser und bewegte den Wagen langsam in der Mitte der Fahrbahn, von wo aus die Häuser zu beiden Seiten kaum noch auszumachen waren; ab und zu schrie er unverständliche Wörter in das Sprechgerät, das nur noch atmosphärische Störungen von sich geben wollte.

Da W. auch die ihm unangenehmsten Anträge nicht abzulehnen vermochte ... Und besonders hier nicht! dachte er. Besonders hier in dieser Stadt nicht, mußte er sich sagen, da deren Sonne stets den gesamten Bezirk überstrahlt hatte, der sie umgab: und sie hatte ihr Licht noch bis über die Ränder hin geworfen, von denen er hergekommen war. So weit er zurückdenken konnte in der Zeit, bevor er die Staatsgrenze überschritten hatte: immer hatte er aus dem Schatten in das Licht dieser Stadt geblickt; sie war das Auge gewesen, das ihn noch am Horizont erreicht hatte ... mit der Zeit war das Auge etwas trüb geworden, doch schien es noch zu glänzen. Da er also zu einer Weigerung schon aus Angst vor Versäumnissen nicht fähig gewesen war, hatte er sich bereit erklärt, an einer öffentlichen sogenannten Podiumsdiskussion teilzunehmen, die für den folgenden Tag in der Leipziger Universität anberaumt worden war. Er mußte sich von dieser Einladung ungeheuer geschmeichelt gefühlt haben ... wenn er sich darüber Rechenschaft zu geben suchte, führte er finanzielle Gründe an, – dabei war er sich gar nicht sicher, ob man für die Teilnahme ein Honorar angeboten hatte. Längst hätte er die Möglichkeit gehabt, eine Ausrede zu erfinden und die Zusage zu widerrufen: seine Eitelkeit war stärker gewesen. Nun hatte der Sonnenglanz aus dem Zentrum ein merkwürdig verwischtes Schillern angenommen, unter anderem hatte die Universität ihren alten Namen, den von Karl Marx, abgelegt und war zu ziemlich verwässerter Themenstellung übergegangen ... er hatte sich die Titelgebung der Diskussion nicht merken können. Wie es aussah, waren die stadtbekannten Schriftsteller auf das Podium gerufen worden; er war der einzige, der von außerhalb hinzukommen sollte; vor zwei Jahren noch hätte er zu diesem Zweck eine Landesgrenze überschreiten müssen. Infolge dieser Grenze war er eines Tages ebenfalls zum stadtbekannten Schriftsteller von Leipzig geworden, freilich nur unter dem Buchhallenpublikum, dessen Dichte auf das Normalminimum zusammenschmolz. Aber vielleicht, dachte er, war auch ein Umkehrschluß zuzulassen: vielleicht war die Landesgrenze, hinter die er sich eines Tages abgesetzt hatte, auch infolge der Stadtbekanntheit jener Schriftsteller entstanden, die beiderseits der Grenze auf ihre Standortbestimmungen pochten ... seitdem sich das Publikum davon zunehmend belästigt fühlte, wurden diese Erörterungen immer verwirrter: oder war es umgekehrt? – Wahrscheinlich hatte das Thema der Podiumsdiskussion damit nicht das geringste zu tun ... nein, es wies in die Zukunft. Dennoch würden die Schriftsteller, so wußte er, jede Gelegenheit nutzen, um das Gespräch auf ihre Anwesenheitsformen zurückzubringen ... er selber hatte eben damit begonnen ... – Seit einer Woche nun war ein schier unüberwindliches Widerstreben gegen diese Veranstaltung in ihm angewachsen. Es ging so weit, daß ihm auch das Einladungsschreiben abhanden gekommen war, auf dem das Tagungsthema verzeichnet stand. Er erinnerte sich nur noch, daß das zentrale Substantiv, um das sich alles drehen sollte, die *Utopie* hieß. Man wollte über die Zukunft des utopischen

Gedankens verhandeln ... über eine Utopie des utopischen Gedankens, wie er spöttisch bei sich bemerkte ... nein, natürlich über dessen nächste oder fernere Zukunft, vielleicht gar über die Möglichkeiten von Utopie für das kommende Jahrhundert ... W. überlegte, ob ein solcher Gesprächsstoff tatsächlich irgendeine Teilnahme in ihm wachrufen konnte, abgesehen von diesem Block aus Widerwillen, den er nicht niederzuringen vermochte. Dieser war ohne Zweifel auch eine Form von Interesse, eine negative Form allerdings. Eine solche konnte kaum Ausdruck der erwünschten Diskussion sein ... oder vielleicht doch?

Das Taxi hatte unterdessen die Vororte von Leipzig hinter sich gelassen und jagte auf einer mehrspurigen Schnellstraße südwärts, auf der es fast keinen Verkehr gab. W. war erleichtert, in weniger als einer Stunde konnte er zu Hause sein; es blieben ihm noch die halbe Nacht und ein halber Tag zum Nachdenken über das Thema *Utopie* ... zumindest hatte er sein Unbehagen darüber in sich ausfindig gemacht, wenn er auch noch nicht wußte, woher es kam. – Das Auto fuhr auf der pfeilgeraden Betonstrecke in gleichmäßigem Tempo; die Bäume am Rand standen jetzt dichter und schnellten wie ausgefranste schwarze Schatten vorbei, manchmal waren sie von den Lichtblitzen vereinzelter Lampen aus dem Gelände hinter ihnen durchschossen; in der Nässe, die noch in dem dunklen Laub hängen mußte, spalteten sich die Strahlen sternförmig auf, und sie wurden vollends zerstäubt in den Wasserwolken, die an den Seitenfenstern des

Wagens aufsprühten; W. war geblendet, wenn er in den finster verhangenen Himmel aufblickte. Längst war auch das Stimmengewirr aus der Funkanlage verschwunden; jetzt wurden die Nachrichten eines Leipziger Lokalsenders gesprochen. Am Schluß warnte der Sprecher vor dem Verzehr bestimmter Fleischkonserven, nach welchem im Stadtgebiet und in der näheren Umgebung Vergiftungsfälle aufgetreten seien, deren Ursache noch nicht völlig aufgeklärt sei. Bei verschiedenen Symptomen müsse sofort ein Arzt konsultiert werden, der Sprecher nannte Durchfall, Übelkeit mit Erbrechen, Lähmungserscheinungen mit deutlicher Trübung des Bewußtseins ... W. hatte bei dem Ganzen nicht richtig zugehört. – Haben Sie das mitgekriegt? fragte er den Fahrer. – Ja, sie reden schon den ganzen Tag davon. Es soll an Dosen mit australischem Kaninchenfleisch liegen. Salmonellen, oder sowas ... – Salmonellen, die gibts, glaube ich, nicht in Konserven, sondern nur bei rohem Fleisch, sagte W. – Natürlich, sie spinnen, das sag ich doch. Ich hab das Zeug auch schon gegessen und ich habe nichts. Es schmeckt und ist nicht teuer! – Es können aber nicht Salmonellen sein, beharrte W. – Was denn sonst? Die reden davon wie von einer ganz neuen Krankheit. Das soll es bis jetzt noch nicht gegeben haben. Aus heiterem Himmel ... und manche sagen schon, daß es ansteckend ist. Und manche sagen, es soll schon Tote gegeben haben. Aber die waren schon vorher kaputt, sage ich!

W. erinnerte sich, daß die Freundin, die er besucht hatte, von Schmerzen im Unterleib gesprochen, sich fiebrig und ermattet gefühlt habe; er hatte sie mit Hinweisen auf die Schwüle, die sich nicht entladen wolle, beruhigt ... er erinnerte sich nicht, daß es zwischen ihnen zu mehr Berührung als einem Händedruck und einer flüchtigen Umarmung zum Abschied gekommen war ... Doch wie wäre es, dachte er plötzlich, wenn er morgen in der Universität anriefe, um seine Teilnahme wegen Krankheit abzusagen. Er fühle sich vergiftet, vergiftet, er habe australisches Kaninchenfleisch gegessen ... und wenn sie ihn zu überreden suchten, was fast sicher war: Ihm fiele zum Thema *Utopie* nichts ein, weil er sich im ganzen Körper vergiftet fühle von dieser neuen Krankheit, deren Ursachen man nicht kenne, und die vielleicht die Krankheit der Zukunft sei.

Tagehell erleuchtet tauchte in diesem Augenblick auf der rechten Seite, in einer aus dem Wald gehauenen Schneise, das Areal einer großen neuerbauten Tankstelle auf. Sie war ganz in lindgrünem Lack gehalten, schien wie durch Zauberei inmitten einer schmutzigen verwachsenen Wildnis erstanden, und W. konnte nicht umhin, sie im ersten Moment hinreißend zu finden. Der matte Glanz ihrer Tanksäulen im Neonlicht schien sich in der sauberen Betonfläche des Bodens zu spiegeln ... sie glich einem Bild, das den Reklameseiten einer Pop-Art-Zeitschrift entnommen war. Im Hintergrund irisierten die Fenster; dem Wirtschaftsbereich war ein kleiner Supermarkt angeschlossen, dessen gläserne Vorderfront Einblick gewährte in die überfüllten Auslagen, welche – so stand es angeschrieben – rund um die Uhr dem Verkauf offenstanden. Die Beleuchtung der Tankstation erzeugte einen fast schattenlosen, aus der Wirklichkeit scharf ausgegrenzten Lichtraum, in dem man von außerhalb wie in das architektonische Beispiel eines noch fernen Jahrtausends schaute; die Menschenleere des gesamten Areals legte den Gedanken nahe, daß der Palast noch nicht zur Benutzung freigegeben sei. An vorderster unübersehbarer Stelle war, hell angestrahlt, das grüne Wappen der Firma BP aufgehängt. – Das Taxi streifte den Lichtraum und schien sofort sanfter, lautloser zu fahren; die Tankstation zog vorbei und blieb zurück wie eine Vision ... es war, als sei der Wagen durch die mystische Aureole einer sakralen Stätte geglitten. Und wirklich schien es, als sei der Taxifahrer für Augenblicke von unwiderstehlichem Stolz angerührt, er trieb den Mercedes gelassener vorwärts und fuhr, noch einen Lichtschimmer im Hinterfenster mitnehmend, sichtlich unbeeindruckt wieder in die Finsternis der Nacht hinein. – Es gibt sie hier, diese Dosen, sagte er. Vielleicht wollten Sie etwas kaufen? Es gibt hier das Kaninchen- oder Känguruhfleisch im Minimarkt!

W. erwiderte nichts; er fragte sich, ob der Fahrer aus diesem Grund hier vorbeigefahren sei. – Wenige Minuten später tauchte drüben auf der linken Seite neuer Strahlenglanz zwischen den Bäumen hervor. Es war die zweite Tankstelle von BP ... sie war das genaue Äquivalent der ersteren und für die Gegenfahrbahn eingerichtet, sie war eine ebenso nagelneue, ebenso gleißende Kultstätte, grün und tagehell entflammt von einigen tausend Watt, deren Schein die noch kaum benutzten Betonauffahrten beinahe weiß aussehen ließ. Es waren die gleichen schimmernden *Tanksäulen* ... das Wort schon sprach sich gediegen und professionell aus! ... mit den anthrazitfarbenen Kunstoffflächen und blitzenden Metallteilen. Aufgrund des länger möglichen Einblicks beim Vorbeifahren ... das Taxi schwamm im zügig-weichen Schnitt um eine ausgedehnte Biegung ... erkannte man deutlich die Aufnahmefächer für Geldscheine, die Piktogramme der Bedienungsanleitung, die weißen Null-Reihen hinter den Sichtgläsern der Anzeigenautomatik, – alles war augenscheinlich vom letzten technischen Standard. Über Kopfhöhe, neben dem grünen Wappen von BP, hingen die auswechselbaren Preistafeln für die verschiedenen Treibstoffarten ... und hinter der Glasfront des Minimarktes erkannte man die Werbung für Eis, Snacks, Zigaretten, Coca Cola; hinter der Theke mit der Kasse eine menschliche Figur, die Kassiererin oder der Kassierer, angetan mit lindgrünem Overall, eingenickt zu dieser späten Stunde, und noch im Schlaf winkend mit der lindgrünen Schirmmütze, die besetzt war mit dem Wappen von BP, sofort sichtbar, wenn sich der pendelnde Kopf aufrichtete.

Nach einiger Zeit sagte sich W., daß es ihm nicht gelingen könne, eine solche Tankstelle in ihrer Neuheit zu beschreiben ... nein, es war ganz unmöglich, es gab überhaupt noch keine Wörter dafür. Es mißlang ihm schon, wenn er sich das soeben gesehene Bild ins Gedächtnis zurückrufen wollte ... allein die Vorstellung, daß sich die Tankstelle plötzlich bevölkere, erschien ihm einleuchtend und beschreibbar: und gleich sah er dieses Bild vor sich. Auf einmal glaubte er sich zu erinnern, daß sich auf dem Beton der Einfahrt in die Tankstation die Autos aufgereiht hatten, und er sah die Menschenschlange vor sich, die sich langsam auf die automatische Tür des Minimarktes zuschob, Schritt für Schritt und sich unterhaltend mit gewohnheitsmäßigem, geduldigem Gemurmel, vollkommen unbeeindruckt von irgendwelchen Salmonellen. Offenbar hatte sich hier der größte Teil der Einwohner aus der nächsten Ortschaft angestellt, die an dieser Straße lag ... tief in der Nacht und wachgehalten von der schneidenden Beleuchtung der Tankstelle.

W. hatte schon länger daran gezweifelt, daß sie sich noch auf dem richtigen Weg befanden. Sie waren soeben, über schlechtes Pflaster, in ein vollkommen lichtloses Gewürfel von Häusern eingefahren; ein Ortseingangsschild war nicht zu bemerken gewesen. Er hatte die winzige Stadt noch nie gesehen; sie war ein Nest, welches die Jahre sichtlich schlimmer zugerichtet hatten als jenes, aus dem er kam und das jetzt sein Ziel war. Die Scheinwerfer des Wagens rissen halbleere, schäbige Geschäftsfassaden und, hinter zerbrochenen Zäunen, ruinierte Wohnkasernen aus der Dunkelheit, die nicht anders als lebensabweisend wirkten. An einer Kreuzung in der Mitte dieses Trümmerhaufens leuchtete eine rote Ampel und behielt das Signal unmäßig lange bei; der leerlaufende Motor schien ein widerhallendes Lärmen zwischen den Gebäuden rund um den kahlen Marktplatz zu verbreiten. Es sah aus, als sei die Ampel das einzige Anzeichen für die noch andauernde Besiedelung dieser Stadt; W. stellte sich vor, wie sie Nacht für Nacht funktionierte, wie sie unermüdlich ihre farbigen Anweisungen in die Stille weitergab ... und diese Stille wurde von keinem Verkehr berührt, denn es gab keinen Grund mehr, die verfallenden Straßen einer so abseitigen Gegend zu durchfahren.

Hoffentlich wissen wir noch, wo wir sind ... sagte W. vorsichtig. Haben Sie eine Ahnung, in welchem Nest wir jetzt sind? Dabei beobachtete er, nicht zum ersten Mal, das in der Schalttafel glimmende Zählwerk, das den Fahrpreis angab: er war fast an der Siebzig-Mark-Grenze angelangt. – Anstelle einer Antwort setzte der Fahrer das Taxi wieder in Bewegung, abrupt und ohne das grüne Ampelsignal abzuwarten. – Wenn Sie nicht wissen, wo wir sind, sagte er nach einer Weile, dann habe ich jetzt keinen Zeugen gehabt! Wenn dieser Satz auch scherzhaft gemeint war, so schien er doch von einem prinzipiellen Mißtrauen des Fahrers gegen die überaus schweigsamen Fahrgäste zu zeugen, zu denen W. gehörte. – Ich wollte nur wissen, wo wir sind, lenkte er ein. – Die hier, sagte der Fahrer, die haben es nicht weit bis zu dem Minimarkt in der Tankstelle! Dies bezog sich auf die Einwohner der Ortschaft, die sie gerade durchquert hatten. W. sah im gleichen Moment ein gelbes Wegweiserschild durch das Scheinwerferlicht fliegen, auf dem er den Namen seiner Stadt zu erkennen glaubte; es war ein Schild ohne Entfernungsangabe, zumindest aber stimmte noch die Richtung ... diese allerdings rief ihm wieder seine Verpflichtung für den kommenden Abend ins Gedächtnis.

Wenige Minuten später ... das Taxi fuhr durch Waldgelände, auf einer schmalen, völlig verlassenen Landstraße, wo eine S-Kurve sich an die andere schloß ... faßte er den Entschluß, sich am nächsten Nachmittag nur unter der Bedingung nach Leipzig zu begeben, daß ihm bis dahin, also noch in dieser Nacht, ein einziger diskutabler Satz für die Universität einfalle, also ein einziger sagbarer Satz über *Utopie* ... und in derselben Sekunde, so schien ihm, hatte er den Satz. – Eben hatte er noch gedacht, es gäbe ihn nicht, diesen Satz, da hatte er, so schnell wie ein Schluckauf, die Antwort darauf: Es durfte ihn nicht geben! – Dies mußte er sagen: Es dürfe diesen Satz überhaupt nicht geben. Nein, so nämlich verlange es die elfte These über den Philosophen Ludwig Feuerbach ... und diese stamme bekanntlich von Karl Marx, es wisse jeder in diesem Hörsaal, jeder im ganzen Land, im ganzen Land sei die elfte These über Feuerbach überhaupt das einzige, was von Karl Marx bekannt sei. Alles andere sei unbekannt, und noch unbekannter die Auswirkungen dessen, was niemand kenne. Zur Not wisse man noch, hier im Hörsaal, daß Marx der Namensgeber der jüngst gehabten Utopie sei, obwohl man sich gerade anschicke, dies zu vergessen. Aber die elfte Feuerbach-These, die brauche er eigentlich nicht zu zitieren ...

Anscheinend war in diesem Augenblick eine so starke Erregung über ihn gekommen, daß sie selbst für den Fahrer spürbar wurde und auf ihn übergriff;

dieser jedenfalls schielte noch mißtrauischer herüber und stieß das Gaspedal tiefer hinab, als sei ihm der Fahrgast unheimlich geworden; der Wagen schnitt die S-Kurven in rücksichtsloser Art und Weise.

Er selbst, so mußte er sagen, sitze vor der geehrten Zuhörerschaft der Universität als eine unverkennbare Auswirkung des utopischen Denkens! Er sei ein Beweis, daß die Utopie hier ... das *hier* mußte unmißverständlich betont werden ... stattgefunden habe. Er sei nicht gekommen, um Witze zu machen, man habe richtig gehört ... mehr noch, er sitze überhaupt nur wegen der stattgefundenen Utopie hier. Es sei ihm unmöglich gewesen, sich der Teilnahme an dieser Veranstaltung zu verweigern, dieser merkwürdige Umstand müsse als ein Ergebnis der Utopie bezeichnet werden. Nicht daß ihm die Weigerung objektiv unmöglich gewesen, sondern daß sie ihm subjektiv unmöglich gewesen sei, zeuge von der Stärke der utopischen Idee. Natürlich hätte er ohne weiteres absagen können, bestimmt hätte kein Hahn danach gekräht ... nein, daß er gar nicht auf diesen Gedanken gekommen sei und folgsam zugestimmt habe, trotz augenblicklich spürbaren Widerwillens, und sogar trotz seiner buchstäblichen Angst vor diesem Auftritt ... daß das simple Wort *Nein* in ihm wie unter Verschluß gelegen habe, als sei der Gedanke an eine solche Möglichkeit in ihm praktisch nicht vorhanden gewesen, dies ist ein unübersehbares Beispiel für das, was ich meine. Vielleicht nur ein kleines Beispiel ... trotzdem, und mit der *Wahl* ist es immer genauso gewesen. Mit der Wahl der Abgeordneten dieses Landes, meine ich. Selbst wenn dieses Denken jetzt kaum noch zu finden ist, seine Ergebnisse haben sich noch nicht verflüchtigt. Ein utopisches Land ist ein Nirgendwo, wie schon das Wort sagt, und im Nirgendwo die Möglichkeit der Verneinung beizubehalten, das ist ein bloßer Unsinn.

Die Straße war zu einem schmalen Band geworden, das sich, scheinbar labil, durch unsichtbare Landschaften schlängelte. Von beiden Seiten her neigten sich schwere Baumwipfel über die Straßenmitte; hinter den Schatten, die sie warfen, hatte die Nässe, verdunstend in der wiederkehrenden Schwüle, kleine zähflüssige Nebelbänke gebildet, gleich immer sich erneuernden schalldichten Pforten, bei deren Durchfahrt sich das Blickfeld schlagartig auf ein oder zwei Meter verringerte. Der Fahrer begann leise zu fluchen, dennoch trieb er den Wagen weiter an, der mit unrhythmisch heulender Maschine die Dunstbarrieren durchstieß und hastig den Schlangenlinien der Straße folgte. W. hatte den Eindruck, daß diese Fahrweise mit seinen Gedanken korrespondiere: das Taxi bewegte sich wie über Glatteis.

Durchblicke zwischen den Bäumen öffneten sich hinaus auf große freie Flächen, über denen die Nacht etwas heller geworden war. Sie fuhren jetzt durch die unüberschaubaren Tagebaugebiete, die den Landstrich hier ganz beherrschten. Der Straßendamm, am Rand nur noch von immer spärlicher stehenden Gehölzresten befestigt, zog seine abschüssigen Biegungen an Abraumkippen entlang, dann durch bodenloses Terrain, und die Straße war ein schmaler Grat über der Leere; rechts neben ihr stürzte die Welt in die Tiefe, wo ein wogendes und erstarrtes Durcheinander war, links senkte sich das Gelände wie ein Sandstrand schräg und gewellt in ein Meer, das nicht mehr vorhanden war; nur Nacht und Nebel mischten sich darüber, und so schien es sich noch Unendlichkeiten weiter zu erstrecken, und nur einzelne verschwommen schwarze Klippen ragten aus dem Grund. Wenn die auf Fernlicht geschalteten Scheinwerfer mit ihrem Doppelstrahl die dampfende Finsternis durchschnitten oder, in den unaufhörlichen Kurven, ihr Licht im Halbkreis um den unregelmäßigen Horizont schwangen, ahnte man, daß es auch dort noch weiter hinab ging, immer weiter, und daß zwischen der Lichthöhe und dem Grund schon ein kilometerhohes Dunkel war. Und die kilometerlangen Lichtkegel flackerten weiter über ein Gewirr von Schluchten und Dünen, sie brachen und zerschellten, und fingen sich wieder und verloren sich in Leere und Nacht. Und wenn sie sich wieder mit dem Straßenband vereinten, hoben sie dies hervor wie eine letzte Brücke von Festigkeit, feucht und glatt, fragwürdig, die dem wabernden Nichts noch standhielt ... und manchmal kroch es über ihren Rand herauf, das aus der Weite kam, aus dem zähen wogenden Nichts herauf, woher es kam, aus dem ausgebrannten und sich selbst entquellenden Nirgendwo.

Und es verwunderte ihn nicht, daß ihm hier in dieser Gegend die elfte Feuerbach-These von Marx eingefallen war ... was übrigens hätte ihm einfallen sollen, da er vom Ideenträger der soeben untergegangenen Veränderung nur diese These kannte? Und wahrscheinlich hatte er recht mit dem Verdacht, daß niemand mehr kannte als diese elfte These; sie war einer der kürzesten Sätze aus dem Werk von Marx. Manche kannten wohl auch noch den Satz, mit dem das Kommunistische Manifest anfing; W. konnte sich erinnern, daß einer der bekannteren Lyriker, die zu dem morgigen Symposium geladen waren, diesen Satz früher einmal als den schönsten der deutschen Literatur bezeichnet hatte ... ob dieser Lyriker jetzt immer noch solcher Meinung war? – W. spürte deutlich, daß sich ihm alles, was er bisher gedacht hatte, in eine Sprachlosigkeit zurückverwandelte, deren Ohnmacht er immer dann gefühlt hatte, wenn er auf der Suche nach einem wirklich zutreffenden Ausdruck für den Landstrich gewesen war, durch den er jetzt fuhr. Es war eine sprachlose Landschaft, so hatte er sich immer wieder sagen müssen ... dies hatte er erfahren, denn er selbst kam von ihrem Rand her und von Jugend auf hatte er mit offenem, taubstummem Maul vor dieser Landschaft gestanden. Sie war eine im wahrsten Sinn des Wortes gründlich veränderte Landschaft. Bis auf den Grund war ihre Oberfläche abgetragen worden, alle Formen des Lebens und der Orientierung auf ihr waren beiseite geschafft und zuunterst geräumt worden. Die organisch gewachsene Decke war abgerissen, das Eingeweide des Erdinnern war empor ans Tageslicht getrieben worden, und es quoll an diese Straße, die wie ein letzter Fluchtweg war ... was hatte dies alles mit der elften Feuerbach-These von Marx zu tun?

Man hatte in dieser Gegend den Rohstoff aus dem Boden gegraben, welcher der Wirtschaft des Landes den Energiebedarf sichern sollte für den Versuch, die Welt zu verändern. Hier hatten die Reserven im Boden gelegen, die der Utopie zu praktischer Wirklichkeit verhelfen sollten. Niemand hatte es je gewagt, den Materialismus der Veränderungen zu interpretieren, seit die utopische Idee Fuß gefaßt hatte in diesem Land ... jetzt, nachdem sich die Verhältnisse gewendet hatten, war es vorbei mit der Utopie, und die ganze Gegend blieb so, wie sie war.

Hier hatte sie einst Fuß gefaßt, die Utopie, man sah es der Gegend an und man würde es noch lange sehen. – Ich aber habe jetzt erst begriffen, daß sie mir schon immer Angst eingeflößt hat, die Utopie, dachte W., und ich sollte es mir endlich merken. Ich war stets nur auf der Suche nach Ausflüchten vor der Zustimmung, die sie von mir gefordert hat; nicht einmal dies habe ich deutlich formulieren können. Wir haben, so lange wir in diesem Land lebten, nur dunkel ahnen können, daß jede Verneinung als eine Interpretation des utopischen Gedankens aufgefaßt worden ist ... hinter solchen Sätzen konnte man sich verstecken, ja! – Nur weiter:

Die Utopie in ihrer endlichen Verwirklichung wäre ein Staat ohne Negation ... und damit ein Staat ohne Sprache. Dies würden die Anhänger der Utopie, wären sie überhaupt gewillt, der Sache so weit zu folgen, natürlich abstreiten. Aber wäre es nicht zwecklos für eine Utopie, ein anderes Endziel anzunehmen ... ohne dieses letzte Ziel wäre sie ein zum Scheitern verurteilter Kompromiß. Denn eine auf halbem Weg steckengebliebene Utopie wäre ein Zustand, in dem die Widersprüche des Lebens weiterhin unterdrückt werden müßten. Und dies wäre keine Utopie, sondern ein Zustand, den wir schon haben.

Er war auf die Idee gekommen, sich diese Sätze zu notieren. Was aber würde der Fahrer darüber denken? Notizen machen, unterwegs im Taxi ... das wäre vor zwei Jahren in diesem Land nicht glattgegangen. – Die Lichtspeere der Scheinwerfer, die seinen Blick verlängerten, fuhren nervös über den Dunsthorizont, es war, als sei dieser ameisenhafte Mercedes in dem Wüstengelände auf der Suche nach einem unbekannten Gegner, oder nach dem unbekannten Flugobjekt aus der Zukunft. Einmal erfaßten die Strahlen ein paar dunkle Blöcke in der Ferne, die nach einer Ansammlung von Häusern aussahen ... M. konnte es noch nicht sein, denn es lagen noch einige Dörfer davor. Aber das Ende der Fahrt kam in Sicht; der Fahrpreis begann soeben hundert Mark zu überschreiten. Dennoch war es besser, ein paar Stichpunkte zu notieren, denn er hatte wenig Zutrauen zu seinem Gedächtnis ... er vergaß seine besten Sätze so schnell wie einen Schluckauf, dies kannte er von sich.

Der Fahrer blickte schweigend geradeaus, als W. sich die Tasche – er hielt sie am Wagenboden zwischen die Füße geklemmt – auf das Knie zog, um ihr einen Stift und Papier zu entnehmen; den Schreibblock trug er stets mit sich herum, aber noch nie hatte er ihn benutzen müssen, – nun kam er ausgerechnet in dem dunklen Taxi in diese Verlegenheit. – Der Fahrer – der ein redseliger Mensch war und W. hatte ihn, so stand zu vermuten, in dieser Hinsicht sehr enttäuscht – lenkte das Auto kommentarlos durch die engen Winkel eines Dörfchens, das W. zu kennen glaubte, doch waren sie von einer ganz abweichenden Seitengasse her in die Ortsmitte gekommen; dort sah man endlich das maßgebliche Hinweisschild: es waren noch sieben Kilomter bis nach M.; jetzt konnten sie sich beim besten Willen nicht mehr verirren.

Wenn man annimmt ... kritzelte W., in der Hoffnung, die gleichsam ins Nichts geschriebenen Zeilen auf dem Papier, das nur ein etwas hellerer Fleck auf dem dunklen Untergrund der Tasche in seinem Schoß war, späterhin noch lesen zu können, ... annimmt, daß die Verneinung die notwendigste Form einer funktionierenden Sprache ist ...

Er strich den letzten Begriff wieder aus und verbesserte: ... einer mündigen Gesellschaft ist ... Wieder brachte er den Satz nicht zu Ende, die Erschütterung, welche das Dorfstraßenpflaster dem Wagen mitteilte, wurde zu stark.

Wenn also eine Utopie ihre eigene Verneinung ausschließen muß, um zur Existenz zu gelangen ... er wurde in diesem Augenblick durch einen jetzt lauten und deutlichen Fluch des Fahrers unterbrochen, welcher wie ein Doppelpunkt war, hinter dem die Zeile leer bleiben sollte, – dieser bezog sich allerdings auf eine riesenhafte Wasserpfütze, fast eine Überschwemmung auf der Dorfstraße, in die der Wagen rauschend einfuhr und die sich als nahezu grundlos erwies; schmutzig schäumende Flutwellen schlugen über den schmalen Bürgersteig und schwappten bis zu einer noch erleuchteten Schaufensterscheibe empor, hinter der unübersehbare Mengen von Waschpulverpäckchen ausgestellt waren; sie stammten noch aus Zeiten vor dem Fall des Regierungssystems, waren also landeseigene Produkte, die sich nun nicht mehr gut absetzen ließen ... W. erkannte in dem vorbeihuschenden Schaufensterlicht, daß der zustoßende Kugelschreiber ihm das Papier mitten durchgerissen hatte, und er blätterte die Seite um.

Verzeihung! sagte der Fahrer; W. hätte sich das Wort, nebst dem vorausgegangenen Fluch des Fahrers, beinahe notiert.

Verzeihung! Was schreiben Sie da eigentlich die ganze Zeit? fragte der Fahrer, dabei mußte er erbleicht sein, W. meinte es noch in der Dunkelheit zu spüren, denn die Verfärbung schien sich bis in die Mattigkeit seiner Frage fortzusetzen.

Moment, sagte W. und notierte, ... eine sprachlose Gesellschaft ... Es war ihm vorgekommen, als habe der Kugelschreiber die Wörter auf dem Papier nicht ausgeführt, als habe er mit einem leeren oder fast leeren Schreibgerät geschrieben. – Ich bin gleich fertig! fügte er murmelnd hinzu.

... In einer utopischen Gesellschaft ...

Wenn ich Ihnen Licht machen würde, sagte der Fahrer, dann kann ich nicht mehr richtig fahren bei dem Nebel! Zum Beweis seiner Worte schaltete er die Innenbeleuchtung über ihren Köpfen ein, das Sichtfeld vor der Vorderscheibe zog sich sofort in ein diffuses Grau zurück, durch welches, es sah gefährlich aus, nur noch Schatten glitten, Baumkronen oder herangerückte Häuserwände.

W. versuchte die Gelegenheit zu nutzen und seinen Satz zu vollenden: ... in der utopischen Gesellschaft kann, wenn die Negation das Hauptinstrument von Sprache ist, also die Sprache nur im Untergrund verwaltet werden. Und im Untergrund waltet der Geheimdienst! Und die Schriftsteller ... was hat das alles mit der elften Feuerbach-These von Marx zu tun?

Was ich schreibe? sagte er laut. Nichts weiter, ich muß mir nur ein paar Sätze für die Universität merken, für morgen ...

Ach so einer sind Sie! erwiderte der Fahrer und schien aufzuatmen. An sowas habe ich doch gleich gedacht ... Damit schaltete er das Licht wieder aus. Sie hatten das Dorf inzwischen verlassen; draußen erkannte W. ein Schild, das die letzten fünf Kilometer nach M. anzeigte; das Zählwerk in der Armaturentafel war soeben auf der Hundertzweiundzwanzig eingerastet, damit war der Fahrpreis jetzt ungefähr identisch mit der Summe, die W. bei sich trug; wenn er zu Hause niemanden antraf, was nicht sicher war, blieb ihm kein Geld für die Eisenbahn nach Leipzig.

Der Geheimdienst! dachte W., unschlüssig, ob ein weiterer Schreibversuch noch sinnvoll war; er hatte in der Wagenbeleuchtung festgestellt, daß sein Stift auf dem Blatt nichts hinterlassen hatte, außer, irgendwo am Rand, das schiefgezogene Wort *Moment*!

... Der Geheimdienst und die Schriftsteller ... sie

müssen die Sprache in der Utopie gemeinsam verwalten, notgedrungen, entweder für oder gegen die Negation. Und, Interpretation hin oder her, das haben wir auch immer getan, für und gegeneinander, wir konnten nicht anders, in dem schönen utopischen Apparat ...

Und noch etwas hatte W. gesehen im Wagenlicht, als der Fahrer sich neugierig seinem leeren Papier zuneigte: der Aufdruck auf dem lindgrünen Sporthemd des jungen Mannes war das Wappen der Firma BP.

Warten Sie nur, redete er weiter, als wolle er W. beruhigen, wir müssen jetzt jeden Moment da sein ... – Ja, sagte W., ja! Nur einen Satz noch muß ich mir schnell aufschreiben!

Soll ich einen Umweg fahren? fragte der Fahrer.

1992